初戀料理教室

藤野惠美

楊雨樵——譯

目次

序章

這家料理教室，位在大正時代建成的長屋內。
離京阪祇園四条車站徒步大約十分鐘的路程。
如果在阪急河原町下車的話，要經過鴨川，沿大和大路通向南走。那附近都是老街，其中還有仍維持著舊日模樣的髮簪店與舊式餐館，也有看起來作藝伎打扮的女性，即使是白天，也很能感受到祇園的氛圍。

如果不走入大和大路通，而是鑽入狹窄的小徑，那麼觀光區域的擾攘便在轉瞬間消散，住宅區就此展延開來。那是人們作息起居處，因生活而生的空間。只要朝著僅有當地人出沒的道路邁進，就會看到一根伸向天空的煙囪。最近數量顯著減少的澡堂，在這兒依舊蓬勃地營業著。

富情調的澡堂隔壁，裝設有木製的黑色小門。
那兒是小巷的入口。
是處不知情的人一個不察，就會錯過的狹小空間。
那條巷子可說是介於私人空間與公共空間的交界，充滿了獨特的氣氛。
巷道盡頭是死路。在京都，若是能夠從頭穿越過去的，就叫做衢道，相對來講，若是穿不過去的，則稱為路地。

長方形的藍天、微暗又悄然的死巷，兩側是儼然並排的舊式長屋。

南邊最末一間的玄關掛著一道暖簾。窗櫺有幾點綠意，堇色的小花在那兒綻放。

風徐徐吹過，格子窗前的暖簾搖擺著。

染成淺藍色的窗簾上，未染上色的白字寫著「小石原愛子的料理教室」。

一會兒，高湯的香氣飄了過來……

第一章

初戀料理教室

「那麼，我們接著就削去白蘿蔔的切面稜角，並以隱藏下刀痕跡[1]的方式入刀。」

愛子老師說完，四位學生一齊將手伸向白蘿蔔。

但是還不能動菜刀，首先得看清楚愛子老師的示範。

菜刀在愛子老師的掌上極為順暢地滑動著，一邊轉動兩公分厚的環切蘿蔔塊，一邊將稜角漸次削去。

「之所以削去稜角，是為了防止煮爛蘿蔔。隨著加熱時間一長，食材變得柔軟，很容易就煮爛了。」

接下來，在白蘿蔔上切出十字刀花。

「所謂隱藏下刀痕跡，就是只在其中一面切出十字刀花，或者在背面縱切一刀、正面橫切一刀這樣相互交錯的切法，但為了美觀起見，通常只在其中一面下刀，將未入刀的一面朝外進行擺盤，達到錦上添花的效果便是很好的。下刀的深度，約為白蘿蔔塊厚度的一半。若切得太淺就沒有意義了，切得太深又會在久煮後裂開，請務必小心喔。」

聽完愛子老師細心的叮嚀，四人紛紛點頭，並各自將菜刀和白蘿蔔拿在手上，模仿起剛剛所見的一連串動作。

「隱藏下刀痕跡的切法，不但東西容易煮透，味道也更能進到食材裡邊，很值得下這番工夫的。」

臉上一抹淺笑，愛子老師靜觀著學生們還不熟練的手勢。

小石原愛子老師已經超過六十歲了，身材雖然嬌小，脊梁倒還是直挺挺的，給人凜然的存在感。在身上那件已跟著她許久的紬衣[2]外邊，白色的料理用圍裙實在相當適合她。

「對對，真淵先生，你做得真好。」

聽到愛子老師的話，真淵智久報以一笑。

已經好久沒有被老師誇獎的經驗了，真教人有點害羞呢。

1 隱藏下刀痕跡：一種刀法，使食材在用刀處理過後，從外觀看去不易看出刀痕的技法。

2 紬：用蠶絲紡成粗絲後織成的平織物。

自己竟然會跑來料理教室學做菜，實在是想都沒想過。

對於做菜，根本毫無興趣哪。以前學生時代只是一股腦兒讀書，出了社會之後，則是成天被工作追著跑。

對於智久來說，吃飯無異於「補充營養」。為了塞滿肚子，維持身體的生理機能，才去攝取必要的營養。智久所住的左京區被稱為學生街，不怕沒有物美價廉的店。自己煮還得一一張羅食材、廚房用具和調味料等等，在外邊吃，或者買盒便當什麼的，都是更加經濟實惠的選擇。

可是，現在……

「這樣前置作業就完成了。請將爐火點起來。在鍋中熱了油之後，就將雞翅煎一下吧。」

雖然每個學生各自準備了自己的菜刀與砧板，但爐子卻得兩個人共用一個，從這裡開始就要分工了。智久聽候著與自己同組的佐伯發落。

佐伯是一位留著小平頭、五十歲左右的男子。

這是第四次在料理教室見到面了。

想起初次自我介紹的時候，佐伯雖說了自己已經結婚，但對於自己工作的事卻隻字不提。不太親切，眉宇間鑿刻出的顰皺和頑固的眼神，在在表現出專業師傅的氣氛，智久想這人大概不是一般的上班族。
不時就會在腦中想像對方的職業、收入和生活型態，這大概算是智久的職業病了。
這人平常過著怎樣的生活呢？他的家人有哪些呢？他是住在怎麼樣的家裡頭呢？
「真淵先生，爐子的火勞煩你看著好嗎？我得弄一下調味料。」
「我知道了。」
智久張羅鍋子的同時，佐伯則拿起計量用的茶匙。
「老師，油大約要多少呢？」
「半茶匙即可。」
實際上在家中炒菜的時候，油的用量大約多半是用目測的，但在教室裡，為了要能掌握半茶匙的量是多少，都會確實進行估量。
「可將油放進去了喔。」
智久一面對旁邊的佐伯說，一面將手移到鍋子上方，隔空感覺溫度。
「啊，好的。」
智久看見油迅速在熱好的鍋上散布開來，便開始放下雞翅。
「一開始別急著翻面，要將鮮甜的味道鎖在裡頭，請確實煎出焦痕。」
愛子老師說畢，智久拿著料理筷的手就停了下來。

等了一會兒，確認與鍋子接觸的那一面煎出了漂亮的焦褐色之後，就翻面繼續煎其餘的部分。

「沒有炒鍋的時候，用平底煎鍋也可以做。若是經鐵氟龍加工的平底鍋，即使不用油也能煎的。」

隨著雞皮傳來使人心情大好的碎響，香噴噴的味道飄散開來。

「真淵先生，火力是否太強了一點呢？」

做完自己份內工作的佐伯，一副放不下心的樣子，不斷探視著火爐。

「是吧，也許轉弱一點比較好……」

智久轉動瓦斯爐的調節鈕，將火力調整在大火與中火之間，然後向佐伯問道：

「差不多這樣可以嗎？」

「嗯，就這樣吧。」

佐伯像是接受了似的，點了點頭。

聽完愛子老師的說明，實際烹調料理時，是兩個人一組使用流理台，並將切菜或炒菜等工作分配好後，輪流完成的。先前佐伯負責炒，這回換智久來操作了。

在智久的想像中，所謂的料理教室，大概就是準備要結婚的女性會來的地方，簡單地說就是新娘補習班，或是一些有閒暇時間的專職家庭主婦，為了可以在家中做出更多種菜肴才來的。不管哪一種，都是和自己這種單身男子無緣的地方。

但令人意外的是，先前在電話諮詢中，愛子老師卻說最近來的男生很多。尤其是週六晚上開設給初學者的班級，是以到今天為止從來沒有進過廚房的男性為主要對象的。智久聽完說明後，就決定要參加了。

總有一天可以學會做菜的……

其實自己也很清楚，這簡直是在作春秋大夢。

或許再怎麼努力，也都是白費工夫。

即使如此，智久還是敲了料理教室的門。

「那麼，差不多要將白蘿蔔放進去煮了。若蘿蔔要進行汆煮，需要使用磨米水，以增加白蘿蔔的甘味，這點可要好好記住喔。不過，今天的目標是煮出濃郁的味道，因此略過汆煮，直接放入鍋內吧。」

智久將剛才自己切的和佐伯切的分別放入大鍋內。

「雞肉稍微向旁邊挪開，將白蘿蔔並排在騰出的空間……對，就是這樣。這步完成的話，就加進高湯吧，比起一點一點地加，不如一次加多一點。」

教室裡備有一缸裝滿昆布高湯的大型容器，佐伯用量杯計量後倒入鍋中。

「今天用的雖然是昆布高湯，但如果沒有足夠的時間浸泡昆布的話，用普通的水也沒有問題。就算只有帶著大骨的肉塊，也足夠提供相當的甘味了。浸泡過乾香菇的水也可以拿來使用，與浸泡過的香菇一起炒，相當好吃喔。」

像這樣子的建議，日後自己動手時就會派上用場，智久牢牢地記下。

「水滾了，就撈去浮沫與多餘的油脂。撈油沫通常會用網勺，不過今天請用湯瓢來撈吧。」

燉煮的湯汁沸騰著，上邊細碎的白色泡沫不住骨碌地浮起。泡沫漸成薄膜，慢慢蔓延開來。智久手執湯勺，像撫摸湯汁表面似的撈起油沫之後拿到盛滿水的盆中洗滌。洗淨後，再次用來撈取油沫。隨著濁滓漸漸撈除，湯汁也益發清澄。淺茶色黏膩的油沫大量撈除，智久感到清爽的喜悅。

在香味的刺激下，智久的胃餓得咕嚕叫了一聲。

隔壁那張桌子馬上傳來了噗哧一聲笑。

「真的是飢腸轆轆呢，真淵先生。」

手上拿著量杯的蜜琪看著這頭，露出惡作劇似的笑。

「剛剛我聽到了喔。再忍一下，再忍一下。」

蜜琪渾身上下，都像是製作出來的產品。

猶如法國玩偶般染成栗色的蓬鬆髮絲，荷葉邊的連身洋裝，還有裝飾過度的輕飄飄圍裙，以及編有白色蕾絲的長襪。

蜜琪穿戴在身上的東西，以白色和粉紅色系為基調，整個就是氾濫的少女風。羽毛般修長的睫毛，微微刷上紅暈的臉頰，泛著濕潤的櫻花色嘴唇，隨然從各方面看都覺得他是女孩，不過這個料理初級班確實是以男性為對象的……

愈是看著蜜琪的一身裝扮，心中的疑問就愈是不斷湧出來。

但實在也沒有辦法去問：請問你是女生嗎？還是男生？智久放棄去深究這件事，只好接受「對方就是這樣的人哪」。

「負責炒菜的兩位，現在輪到你們來顧火了。趁這時候，佐伯同學和蜜琪同學，我們來準備另一道菜吧。」

佐伯與蜜琪開始在研缽中，喀哩喀哩地磨起芝麻。

今天的主菜是「白蘿蔔炊雞」。

在京都，都把「燉」說成「炊」。大學入學、甫於京都開始生活的期間，第一次聽到「炊」的說法時，智久腦中倒想起希臘神話中巨人族走來走去的樣子。但現在已經習慣了，面對「炊炸腐皮」[3]這種說法也不會覺得奇怪。

裝飾菜則是「芝麻美乃滋涼拌油菜花」。佐伯他們現在在做的，就是涼拌所需的調味料。

「那麼，調味的順序還記得嗎？文森先生。」

愛子老師點了站在蜜琪身旁的那個人。

「さしすせそ[4]，沒錯吧，夫人。」

彷彿從鼻子發音似的回答來自一個藍色瞳孔的法國男子。金髮紮成一束，如同馬尾般垂著，那髮型似乎是有意要模仿日本武士的樣子。

雖然職業是甜點師傅，可是他不但對各種廚房用具相當熟悉，在日本文化與食材上的造詣也相當深厚。

看起來年輕，似乎已經在日本住了相當久。作為一個甜點師傅，應該是累積了不少經驗，大約四十歲，說不定已經超過了四十歲也不一定。日語說得相當流利，料理相關知識也比智久更為淵博。

「在法國，幾乎不會將紅肉或魚肉煮成甜或辣的味道，因此在料理中加砂糖是相當新鮮的事。」

旁邊的蜜琪停下擠美乃滋的手，微微歪著頭。

「せ，是代表什麼啊？」

文森馬上明確地回答：

「砂糖、鹽、醋、豆油和味噌。豆油，就是指醬油。如何，完美無缺吧？」

「嗯，正確答案。」

愛子老師點了點頭後，文森站在冒著滾燙水氣的鍋子旁，驕傲地眨了眨眼。

「真不愧是文森先生。」

3 炊炸腐皮：是京都詞彙的組合語，意指燉煮炸後的腐皮。

4 此為日本平假名：分別唸作Sa, Shi, Su, Se, So，從五道調味步驟中各取一個假名編成的口訣。

蜜琪浮現了毫無掩飾的笑意，啪啪地拍起手來。受到這樣的讚美，文森倒也沒露出害羞的樣子。

與智久和佐伯這兩個俗氣的人組成的隊伍相較，桌子那頭顯得相當華麗。

「白蘿蔔稍微煮透時，就可以開始調味了。」

隨著愛子老師所說，站在智久旁邊的佐伯伸手去拿量匙。

「今天用的是春季白蘿蔔，由於比冬季白蘿蔔含更多的水分，要更用心將味道煮進去。首先，就是加砂糖，砂糖也能讓雞肉變得更軟嫩，請加入足可提味的量。」

教室內的大家輪流使用收納在容器內的調味料。

蜜琪這組用完糖罐之後，就交給智久他們。

「我們這邊都是使用甜菜糖。糖的原料通常多半來自甘蔗，不過這個甜菜糖是以北海道產的根萘菜為原料製成的，不僅甜味溫柔，濃度也恰當，很適合搭配燉煮的菜肴。」

愛子老師介紹的糖，是一種顆粒較大且帶淺茶色的糖。

「原來即使是糖，也有好多種類呢。」

智久一邊說，一邊將裝著糖的容器遞給佐伯。

「我頂多只知道細白糖和黑砂糖……」

「在法國，甜菜糖還滿常用的。以前去鄉下度假的時候，曾看見旱田中種了一大片。說起來白蘿蔔還更像蕪菁呢，聖護院白蘿蔔[5]似的東西。」

正因為是個甜點師傅，所以文森對砂糖知之甚詳。

「說到砂糖，大概就屬和三盆的最棒了。細細瑣瑣地，在嘴中溶得快，甜味又有格調，用來做法式酥餅[6]，味道會讓人感動不已。」

此時，蜜琪舉起一隻手提問。

「愛子老師，在料理上，除了糖，不是也時常會使用味醂嗎？要怎麼區分糖和味醂的用法呢？」

「味醂本身由於是一種酒，因此不止可帶來甜味，也可以去除腥臭味。如果想讓照燒的味道被帶出來，就可以使用味醂。此外，味醂還有使食材變得緊緻扎實的效果，可以有效防止軀幹較為脆弱的魚被煮爛。」

「所以在燉鰈魚的時候，應該還是要用味醂對吧。」

「是啊，此外，在製作蕎麥麵湯的時候也可使用。若有麵湯，就能應用在天婦羅醬與親子蓋飯。在甘露煮柳葉魚上，使用味醂也能讓甜味變得更顯著。」

---

5 聖護院白蘿蔔：形狀類似蕪菁的白蘿蔔品種。

6 法式酥餅（sablé）：以白糖、奶油和打發的蛋清製成的小餅乾，口感如沙。

「原來如此，原來如此。」

蜜琪一邊點著頭，一邊從圍裙的口袋中拿出記事本，一一寫下愛子老師的話。

「看起來糖已經讓食材入味了。接下來就是酒了，藉由燉煮日本酒，可增添食物的鮮味呢。接下來是醬油，為了讓味道可以煮進去，得使用覆料蓋[7]，並用中火來燉煮。」

在掩上覆料蓋前，智久拿著調理筷要伸入鍋中，愛子老師輕柔地阻止他。

「哎呀，現在先不要攪拌噢。加入糖和鹽的時候，使用料理筷攪拌能協助其溶解，但現在將這件事交給鍋子就可以了。最重要的是要讓湯汁本身能對流，在這種動態下，熱能得以傳導到鍋內各處，調味料自然也就溶解了。」

將鋁箔紙摺成圓盤狀充當覆料蓋蓋上後，智久看了一下手表。燉煮時間約二十分鐘。

「那麼，真淵先生和文森先生一齊來拌一拌油菜花吧。」

將油菜花汆燙一會後，在冷水中鎮過並小心擰乾，以便完全去除水氣。

此時，愛子老師教大家一種名叫「過醬油」的技法。去除油菜花的水氣時，可摻入約半匙的醬油再擰，不但確實去掉蔬菜的水分，還能使它變得更美味。

「飯也已經煮好了唷。」

教室裡側的爐子上，早就已經將拌有竹筍的飯煮下去了。教室裡是使用砂鍋來煮飯，不過實際上智久在家裡煮飯時，都是把材料放到電子鍋摁下開關而已。

「炊雞這邊似乎也完成了。最後，將麵筋放進去，等二到三分鐘就能關火。」

掀開覆料蓋時，白蘿蔔呈現著美味十足的顏色。

接著在鍋中騰出一個空間，將兩塊麵筋浸到湯汁裡頭。

軟愣愣的麵筋對智久來說，是種未知的食物。

說起來麵筋這東西，智久讀大學的時候就知道了。在老家時，這東西一次也沒在餐桌上出現過。雖然有吃過泡在湯裡的乾麵筋或者放到壽喜燒中的，但在京都看見竟然有賣生的麵筋時，還是嚇了一大跳。在京都一直生活到現在一直都沒有實際吃過，因此得知今天的菜肴會使用麵筋時，相當興奮。

「麵筋在久煮後，會變得太蓬鬆而失去軟彈的口感，要特別注意。煮到有點膨脹就差不多了。」

確認麵筋膨脹起來後，再一次蓋上覆料蓋，並熄火。

---

7 覆料蓋：是一種較鍋口小、不與鍋口吻合的小蓋子。燉煮料理時，直接將此蓋覆蓋在食材上，是燉煮或炊煮時常用的方法。此種蓋子傳統上通常是木製的，但亦可將鋁箔紙摺成圓形，充作簡易覆料蓋。

「燉煮的料理降溫時會持續入味，因此放著即可。這段時間我們來將其他的菜盛起來吧。」

智久點了點頭，取來小碟子。

愛子老師的料理教室是在古老長屋的一樓。

這棟建築物區分為多個區塊，牆與隔壁共用，門面較窄，整體呈狹長型。

格子窗的採光與通風都相當好，屋樑很扎實地構築著，牆壁給人相當安心的觸感，泛著黑色光澤的屋柱在天花板懸吊著的燈泡照耀下呈顯出橘色。

再來是階梯櫃。為了有效利用階梯下方的空間，設置了附有抽屜和置物格的櫃子，這就叫階梯櫃。愛子老師在這裡收納著許多餐具與廚房用品。

試吃的時候，首先，各自將上薄漆的平坦餐檯準備好，接著從成堆的筷架中選一個自己喜歡的。為了搭配季節，智久拿了一個仿若木賊[8]的筷架來使用。

「哇，木賊筷架，真好，好可愛呀。」

智久將手伸向抽屜時，一旁的蜜琪偷偷看到了。

「愛子老師的筷架收藏真的好棒啊。嗯，這個櫻花的筷架也很可愛，好難選哪！」

蜜琪將兩手環抱胸前，盯著筷架看，雙眼因陶醉而閃閃發光。
餐具也有各式各樣的，從看起來昂貴的到樸拙的都有。
做菜的過程中，裝盤原本就是智久最喜歡的工作。
炊好的飯，用樣式簡單的茶碗來裝吧。這樣想著，就拿了宛若有田燒的白瓷茶碗，盛入拌有櫻花蝦與竹筍的白飯。至於芝麻美乃滋涼拌油菜花，為了映襯出綠色與白色，就用帶有厚墊質感的黑色小缽來裝。密密地排成圓錐狀，且將黑芝麻粒點撒在上頭。
主菜是兩只雞翅、環切的白蘿蔔兩塊與方形的麵筋。於是挑了一個深凹的橢圓器皿，以極好的平衡感立體裝盛。
平坦四方的餐檯上，將碗盤放置妥當後，就能憑著完美的留白區域製造一個空間。雖然是沒有破綻的構圖，藉著頑皮的筷架，倒添了少許的幽默感……
「真淵先生，你的品味真好呢。」蜜琪懷著親暱的笑意看著智久。
真淵一下子手足無措起來。
「沒，沒有這樣的事……」

8 木賊：食材的一種。在古典文學裡，可作為春季的季語來使用，所以才說「搭配季節」。

智久會如此樂在裝盤，大概與他的工作息息相關。大學專攻建築學，在攻讀博士學位後，找到一家知名的建築師事務所。雖然還在實習，但已經愈來愈獨立，開始構思自行開設事務所的事了。

裝盤完成的文森，拿起相機拍攝。

「嗯，真的很精采。餐檯，就像日本的庭院一樣，素簡閒寂。」

文森選擇的餐具都很新穎，裝盤也相當自由奔放。

在蜜琪的裝盤中，器皿和菜肴很不協調；佐伯的裝盤則顯得粗疏而實際。

明明是同樣的料理，卻會因為器皿不同，裝盛法不同，給人完全不同的印象。

正如同一個家庭，會因居住在不同的建築物中，變得相當不同……

「我們開動吧。」

順著愛子老師的指示，眾人從做菜的料理台移動到隔壁備有茶几的房間，準備試吃。

雙手合掌，齊聲說道：我開動了。上一次說這些話，倒也是不久前的事……智久這樣想著。

炊好的飯飄著櫻花蝦的香氣，米粒粒分明，竹筍井然摻和其中。雞肉軟嫩，肌理都煮鬆了，口中滿滿的甜辣味擴散著，麵筋吸飽了雞肉的鮮味和白蘿蔔的甜味，軟綿綿吸附在齒面上的口感使人相當愉悅。

「麵筋這樣軟嫩，實在好吃極了，這可是第一次嘗到呢！」

彷彿剛搗好的麻糬般，在嘴中明顯有著獨特彈牙的口感。

「欸？真淵先生，你以前從沒吃過麵筋？」

蜜琪大吃一驚似地瞪圓了眼，大聲地問。

「所以你也沒有吃過餡麵筋嗎？」

「嗯，沒有呢。」

「實在太浪費了！難得離錦市場這麼近！你應該要多享受點京都生活嘛！」

錦小路通有一處商店街，並排著好幾家販售魚、蔬菜、乾貨和醃漬品的店，而智久分明住在徒步即可到達錦市場的區域，卻很少利用這點。

蜜琪開始滔滔不絕地說錦市場內某家店的「餡麵筋」有多好吃。

「活到現在卻連這種感官上的美味都不知道，真是人生一大損失哪。佐伯先生，難道你不這樣認為嗎？」

默默吃著的佐伯突然被問到，也只能點點頭。

「麵筋說起來，蘸味噌[9]吃挺好，與辣口的酒也合。」

才說完，文森也探出身來說：

「麵筋與起士也很搭。第一次吃到的時候非常感動，這種可與紅酒琴瑟合鳴的食物，真讓人感到京都的深奧啊。」

「那下一次我們就用麵筋夾起士片來炸，如何？」

愛子老師的這個提議讓文森的眼神發亮。

「好讚的提案哪，夫人！」

「哇，聽起來好好吃，一定一定要教我們做喔！」

即使對話一直持續，吃飯的動作也沒停下來，連哪一份是自己做的都顧不上了。在如此扎實的教導下，做出來的菜連專業人員恐怕都相形見絀，在在呈現出愛子老師優秀的教導方式。

「說到這個，阿智，」

文森一邊用筷子插入白蘿蔔，一邊緩緩地開口說道：

「你和你喜歡的女生，在那之後有什麼進展嗎？」

一個不慎，智久給麵筋哽住了喉頭。由於噎得嚴重，不斷咯咯地咳著，整張臉也變得通紅，旁邊的愛子老師把泡好的熱茶遞了過去。

「哎呀哎呀，不要緊嗎？」

「啊，不好意思。」

喝下一口茶之後，心情總算冷靜了一些。

「也沒怎樣啊，這也沒什麼好說……」

智久臉紅直到耳際，嘴裡念著一些聽不清楚的話。

「啊，那件事！欸，我想聽聽詳情！」

蜜琪探出身來，興致勃勃地看著智久。

「沒有啦，沒什麼好說的啦……」

彷彿要隱瞞什麼似的，智久將眼神別開。

文森講的應該就是「那件事」吧。

初次造訪料理教室的那一天。

誠如一般流程，首先是自我介紹，再彼此分享來愛子老師的料理教室學習的理由。

9 蘸味噌：原文為田楽（でんらく），在料理上是指將炙烤過的串豆腐敷上或蘸上調味味噌（如辣味噌）以食用的一道菜肴，後來這種調理方式也沿用到麵筋。

佐伯聽到這個要求後說了這樣的話：

「沒什麼啊，就突然間被老婆叫來參加。做菜的事我是一向都交給她，所以什麼都不懂，還有賴大家多多指教……」

沒頭沒尾的說話方式，不知怎麼搞地，有一種孩子氣的彆扭。不過原本給人古板印象的佐伯，倒是一下子就讓現場的氣氛緩和下來。

接著就輪到智久了。

接在佐伯後面，他覺得大概不得不坦承自己來這裡的動機。所以才一個不小心漏了口風。

之所以會來到料理教室，起因是自己在意的女孩子的一句話……

2

初次見面的時候，並不會特別覺得是個很美麗或者很可愛的人。

不過，倒是記得自己對著令人印象深刻的耳廓直勾勾地盯著，自黑色髮絲的縫隙中探出頭的耳朵，描繪出美麗的曲線。沒有耳洞的完整耳朵，功能與設計真一致啊，腦中浮現了這樣的話語。能夠確實聽取對方的話，認真聆聽，那耳朵給人這樣的感覺。

「那麼，以建築為主題的作品怎麼樣呢？」她在櫃台的內側這樣說道。

她的聲音與耳的輪廓，牢牢地烙在記憶上頭。

那是週日的圖書館。

極為晴蔚的天，彷彿給春天的朝氣引誘了似的，踩上鞋就去散步的時候，智久隨興地順道路過在圖書館前的小徑。

他任職的建築設計事務所，週日也仍會有許多需要協商的工作。那天也是早上就到事務所輔佐在現場監工的所長，但意外的，中午過後就下班了，這才在周圍漫無目的的閒晃起來。

左京區除了明治至昭和初期年間蓋好的洋房外，現在也是美術館或大學等公共設施預備使用的預定地。

這間圖書館仍保留著明治時代以磚造著名的外壁，背後則新建了玻璃帷幕搭成的新館。

以塗有金色的白瓷磚為裝飾的細緻鐵門，乃是舊館受到新藝術[10]的影響而成的優美設計。頗有歷史的樣式兼具新時代氣息的現代感，光保存就相當有價值的建築物。

此建築正面的特徵是平坦，排除了厚重感，給人悠閒的印象。若是銀行建築，相對地就會在設計上追求堅固牢靠等有重量的風格。不過，這裡可是圖書館。

對於圖書館來說，以平易近人為要旨，不正是設計者需要考量的嗎？

誰都能簡單地使用，誰都能來這裡學習，對著民眾敞開大門。

正因如此，智久即使沒有特地要到圖書館辦什麼事，也會興起一種進去逛逛的念頭，那就是建築所具有的力量。

挑高的天花版，自窗外照進的柔和光線。柔和的橘色燈光亮著，不僅照亮了室內，更讓人心曠神怡。樓梯井的中央有螺旋階梯，是特地塑造出立體感的大膽構作。沿著巨大的螺旋階梯走下去，就會到達位於地下室的閱覽室。

雖然書架高得直抵天花板，但彼此保持著絕佳的間隔，既能使人感覺到木頭的溫暖，又不會帶來壓迫感。有桌子的座位和沙發也相當多，讀者能從容愜意地享受讀書之樂。

總有一天，自己也要親手蓋出像這樣的建築。

出了社會，在嚴峻的景氣中，依舊能承包大規模公共設施建案、講究設計，並表現出獨特世界觀的建築家實在屈指可數，不，僅有毫毛數根而已吧，自己很清楚這件事的，但即使如此……

室內被寂靜所包圍，瀰漫沉著的氣氛，相當符合這個充滿知識的場所。

雖然智久算不上是愛讀書的人，但一待在那空間中，就會想要讀點什麼。翻一下建築圖鑑什麼的，不，偶爾看點鉛字印的書似乎也不錯，翻開書，讓自己沉到故事裡頭。不過雖然有這樣的氣氛，他倒也無意真的去做。

此時，櫃檯有個女生的身影映入眼簾。圖書管理員在近到能拉到身邊似地的前方坐了下來。她一定會知道一些有趣的書吧。

智久從學生時代開始，就時常利用大學圖書館的諮詢櫃檯。不管是寫論文還是自己

10 新藝術：Art Nouveau，為十九世紀末至二十世紀初，以歐洲為中心開花結實的跨國藝術運動。

找不到的文獻的時候，都會請具有專業證照的圖書管理員幫忙找書，那真的相當有幫助。

那天也是，因為想在圖書館找一本「想讀的書」，才朝諮詢櫃檯走過去的。

坐在那兒的，就是她。

「有沒有什麼有趣的書可以介紹給我？」面對含糊不清的提問，她似乎有些困惑。不過，她還是冷靜下來，反問他了幾個問題。

她問智久，覺得什麼東西有趣呢？對什麼樣的事感興趣呢？喜歡什麼類別？想找的東西究竟是什麼呢……

想要讀怎麼樣的東西呢？

這件事，智久自己也不清楚。

「什麼都可以，最近讓你覺得很感動的書之類，若你有推薦的小說，我就讀那個吧。」

智久這樣說完，她只是露出困擾的表情。

「非常抱歉。圖書管理員不能回答這種主觀判斷的問題。」

畢竟，圖書管理員是負責協助讀者的一門職業。

她以「你想知道的東西，我也很有興趣。一起找找看吧！」的態度，認真地聽著智久說的話，打開了他的心防。

只為了提供一個回答，自己說的話便全被她的耳朵給吸了進去。

從未遇過如此愜意的諮詢服務。

最後列舉了好幾個以建築為主題的小說。

因為喜歡的、有興趣的東西，怎麼說都還是建築嘛。真是隨時隨地都離不開工作。

「即使是建築，還是有各式各樣的類型喔。現代讀物、歷史、言情、奇幻、推理和科幻……若是以築城或者建造宇宙太空站為主題的作品，好像也不能說與建築無關。作者是日本人比較好嗎？還是外國人的作品也列入考慮？」

在交涉的同時，她利用電腦將作品一一羅列出來。

選出來的書，分別是幸田露伴的《五重塔》與松家仁之的《在火山的山腳下》這兩本書。

對幸田露伴這個名字有印象，但實際上並沒有讀過他的作品。另外一個作家的話，那本書似乎是他的出道作，名字更是壓根兒沒聽過。要是沒有誰向自己推薦的話，恐怕根本不會接觸到這本書吧。

書從櫃台上遞了過來，正準備要悠閒地坐在椅子上享受讀書之樂時，卻恰巧到了閉館時間，只能借回家去繼續讀了。

圖書館的書都會沾染上人的氣息。

工作結束後，回到沒有人的房間裡，斷斷續續讀著她交給自己的書。從那天起的整個禮拜，每晚多少都會讀一點。

起初讀幸田露伴的《五重塔》時，與文言體搏鬥了一番。但習慣之後，那種獨特的韻律感讓人感到相當舒適。那是個憑著建築物的設計圖，用自己的手親自蓋房屋的時代，故事發生在建築師這個職業還不存在的年代。有個渾名叫「慢郎中」的工人十兵衛，對建造五重塔這個百年難得的機會，付出全部生命的熱情。技術好但不善與人打交道的十兵衛，與雖身為主事者、但最後工作卻被奪走的源太，這兩位工匠的生涯，以專家的身分彼此過招，使人興起靜謐的感動。

松家仁之的《在火山山腳下》則是以一九八二年的輕井澤為背景，文筆十分容易閱讀，一下子就順暢地進入腦內。故事發生在經濟大幅成長，建築家的工作量大、需求量高的時代。描寫的內容，似乎是自己任職的建築事務所所長那一代人還年輕時的景況，讓人相當感興趣。裡頭談到對建築執拗至極的人，主角大約是以人稱「老師」的老建築師吉村順三塑造的，比稿的對手則隱約可以看出是建築師丹下健三。主角避暑的那間別墅會讓人想起吉村順三的「輕井澤山莊」與安東尼．雷蒙的「夏之家」[11]，這些竟能確實地以文字表達出來，實在讓人驚訝。

建築是將「身體感」具現之物。另一方面，也很貼近思想、理論和語言。難得有這樣的閒暇可以整個兒泡在書裡，看來能夠刺激到大腦語言區，進而產生新靈感。

一週之後，在還書時恰好看見那位女子，智久便出聲招呼。

「這段時間真的很謝謝你，這兩本書都相當有趣。」

他說完，她也露出十分欣喜的微笑。

「你能夠喜歡真是太好了。」

真是讓人舒暢的笑容。

她將智久服務台找到了好書的心滿意足，當作是自己的事那般高興著。助人的快樂，便是自己工作的驕傲所在。

這是智久最在乎的一件事。而他感覺到，這個女生也有同樣的想法。

就在那瞬間，他想要更了解她。

她身上的深青色圍裙，別有名片，寫著「宮澤永遠子」。

永遠子小姐嗎，真是個美麗的名字。智久終於知道了她的名字，認識了她這個人。

---

11 安東尼・雷蒙（Antonin Raymond, 1888-1976）：為捷克建築師，晚期多半在日本與美國設計建案。這邊提到的是一九三三年於日本輕井澤所建造的夏季住宅（summer house），日譯為「夏の家」。

隔週，智久再度造訪圖書館。在櫃台的對側又看到了她的身影讓他鬆了一口氣。他沒有出聲招呼，只是遠遠地看望著她。第一次見到她的時候並沒有特別的目的，因此能夠無芥蒂地走到服務台。但是現在已經開始在意她，因此要和她搭話就開始需要勇氣了，智久只好在館內四處踱步。

地下的閱覽室特別開設了一個區域，展覽著一些相關的資料。那時展示的是「近代美術與繪本的世界」。

沒一會兒，到處都聚滿了孩子。有看似母親的女性帶幼兒來，也有小學生三兩成群。在這間圖書館看到小孩子是很罕見的事，應該與今天的特殊展覽有關。

不久，永遠子與另一位年長的圖書管理員將大開本的繪本拿在手上，出現在孩子們面前。

年長的管理員與大家寒暄後，永遠子就打開繪本，朗讀給大家聽。

智久躲在書櫃的陰影處，側耳傾聽她的聲音。

老爺爺，把蕪菁，種下去。

要變成好甜的，好甜的蕪菁哪。

要變成好大的，好大的蕪菁哪。

穩定的、從容的聲音。雖然音量並不大，但由於清晰，可以感覺到核心有強韌的東西，既柔軟又輕盈得可以傳達到很遠的地方的聲音。

哼嗨喲，喔嗨唷，蕪菁啊，還沒還沒拔出來。

她的聲音乘著重複的韻律傳來。

比起特意摻入感情，永遠子反而是用心將每一句話確實發音清楚。畢竟，她的聲音只是媒介，主角還是繪本本身。聚集在那兒的孩子，注意力都集中到她手上拿的繪本上了。

只有智久一個人，並不關心繪本的內容，只沉醉在她的聲音裡。

還真不知道有沒有其他擁有這麼好聽的聲音的人。僅需輕輕閉上眼，就能盡情地享受她的聲音。要是能夠一直沉浸在永遠子的聲音當中小睡片刻，該是多麼愜意的事哪……

出神地想著的同時，不知不覺，唸故事的活動也結束了。然後，永遠子就出現站在眼前。

目光一相接，永遠子就浮現了笑容。

手。

「午安，今天在找什麼呢？」

永遠子依舊拿著繪本，她是透過那本書才注意到智久的存在的吧。

突然間被這樣問，智久隱藏不住自己的手足無措。慌亂之間，就朝眼前的書伸出手。

「啊，沒有啦，沒什麼事。」

胡亂抓到的一本書，是省錢食譜。

智久所站的地方剛好是食譜類的書籍區。

至少拿到的也應該要是本什麼料理的專業書籍或者職業主廚的書，都比這本省錢食譜來得……

正覺得丟臉的時候，永遠子卻以能讓對方安心的話語說：

「會做菜的男生，好棒喔。」

就這一句話，讓智久下定決心，要成為一個會做菜的男人。

後來，就來到這間料理教室了。

※※※

在愛子老師的料理教室裡，面對著大家興致高昂的眼神，心底滿不是滋味的智久簡要地講了和永遠子邂逅的經過。

之所以會想要講出在圖書館的事情，最主要還是文森的影響。說起法國人，總是給人善於談戀愛的印象。智久也覺得文森是位英俊的男士，想必戀愛經驗應相當豐富才是。也許跟文森說可以得到一些有用的建議。

此外，他也在意蜜琪和愛子老師的意見。

自己一個人的話只會更無所適從而已，為了一個還沒交往的對象跑來料理教室，不用想都知道是個繞遠路的作法。但是，到底還要做些什麼好……

「嗯嗯，在圖書館工作的女性啊。真好，我也想見見。」

文森喃喃自語了一陣後，訝異地皺起眉毛。

「但我不理解的是，為什麼你不直接跟她本人講說『妳的聲音好有魅力，聽著不知不覺就愛上了』這樣的話呢？」

「嗄！這種話，我講不出口啦！」

「為什麼？」

「哎呀，那應該說是一種日本男人的自尊嗎……是吧，佐伯先生？」

智久向正在喝著茶的佐伯徵求附和。

「啊，就是這樣吧。一般來講，不會說的啦。」

好像一點兒也不有趣似的，佐伯點了點頭。眉間刻有深深皺紋的佐伯，多少都有點上個時代一家之主那樣的感覺。回到家後也只會和老婆講「吃飯、洗澡、睡覺」這樣的話，透露著彷彿舊時代遺跡似的那種氛圍。悄聲講些甜言蜜語的事，無法想像會與他有關聯。

「我真是想不通啊。為什麼不講呢？你對那位女性抱有好感是吧？不是想和對方變得更親密嗎？這樣的話，不直接講是不行的。覺得對方美，就這樣跟對方講。光憑這樣，女性這種生物就會愈來愈美。」

文森所說的那些貌似理所當然的話，讓智久更加感覺到一堵難以跨越的牆。

文森是完全不懂得害羞，能夠直接對女性表露「我愛你」的那一類人，自己是做不到那樣的。愈是在意對方，就愈緊張，於是什麼都說不出口。

「將思念灌入，直勾勾地盯著。用眼睛來傳達『我要吸引你注意』的訊息，如果對方感受到了，就會露出微笑。嗨，午安，今天妳也很美喔。測試一下對方的反應，然後邀對方一起吃飯。這件事到底有哪裡難的？」

「說起來是很簡單，但其實困難得亂七八糟啊！」

智久搶著答辯，看向蜜琪那邊。

蜜琪將筷子放下來，用手帕輕摁著嘴唇，擦拭一遍後開口說：

「這個嘛，即使達不到文森先生那樣的等級，若連一點嘗試都沒有，就一直無法向前邁進了哦！」

這種理所當然的指正，智久也承認。

「是這樣沒錯啦，但具體來說到底應該怎麼做才好呢……？畢竟她在工作中，要是在上班時間內與她攀談，說不定會給她找麻煩呢！」

「恩，哎唷，在打招呼的時候，觀察一下氣氛，在不給對方添麻煩的範圍內，稍微閒聊一下不是很好嗎？這樣的有意無意間，親密度不是也會漸漸增加嗎？」

「有意無意間……嗎？」

不管選擇怎麼做，困難的事情還是困難。

一邊用筷子挾起芝麻美乃滋涼拌油菜花，智久輕輕嘆息。油菜花一點水分都沒有的爽脆，蘸上綿密得猶如豆腐糜般的醬汁，加上隱藏在下邊的美乃滋發威起來，讓人直想配碗白飯。用砂鍋炊熟的白飯即使冷下來也晶瑩飽滿，泛著甘甜。鍋巴的風味就更是難以言喻了。

「難道，真淵先生，你還沒有和任何人交往過嗎？」

蜜琪毫不留情地丟來一句猜測，衝擊了智久的胸膛。

「是啊，真丟臉……」

智久以前讀的是國高中合一的男校，是與戀愛無緣的環境。大學光是完成課業就精疲力竭，充分地盡了學生的本分，所以也沒什麼浪漫的回憶。就業後專心致志在工作上，一個恍神就三十歲了。

「哇，你真是不簡單哪！」

蜜琪一邊感嘆，一邊用濕了的眼眶凝視著智久。

不簡單？讓人這樣形容真是意外。

「就因為讀男校，幾乎沒有和女性接觸的機會。所以在這種狀況下，到底該怎麼行動才好，我也沒法參考自己的經驗。」

「真好啊，這麼純粹的單相思。只是每天遠遠地看著對方，胸中怦怦地跳，無法停止的悸動……只是想著對方就覺得幸福，但也相當苦悶吧。啊啊，真是酸甜交織啊，我覺得我的心好像被洗過一回一樣。」

蜜琪兩手環抱胸前，陶醉地講著。

「我會支持真淵先生的！嗯，沒問題的。因為真淵先生整個人看起來不是會失敗的型，你要多拿點自信出來微笑與打招呼，然後，按部就班，一步一步地前進，有一天就會有機會的。戀愛到頭來不只是巧合，機運也占了一部分。即使被甩了，時常也不是因為自己有什麼缺點，只是雙方合不來而已，我是這樣認為的。」

「你現在是以我會被甩為前提來說嗎!?」

對於突然插嘴進來的智久，蜜琪也沒退讓，只是淺淺微笑著。

「沒有，我完全沒有那樣的意思喔，初戀本來就常常沒結果。就我所知，成功率確實是相當低的。」

長著一副可愛的臉，說起話來倒是肆無忌憚。

對於蜜琪所言，文森連連點頭贊同。

「邂逅到處都會發生，有魅力的女性多得像天上的星星。」

根本都還沒失戀，卻得到了一堆聽起來像是安慰的話，智久內心五味雜陳。

「無論如何，就按照蜜琪所說的，試著微笑和打招呼吧。偶爾去趟圖書館，打個招呼之類，不會添什麼麻煩吧？」

「只是這樣，不會像跟蹤狂啦。一開始先成為圖書館的熟客，那樣就能讓她記住你的臉。圖書館又不是酒店，既不花錢，進出也容易，如果有什麼進展的話，請務必和我說喔！」

蜜琪明擺著一副看他人好事的模樣說著。

會有什麼進展嗎……？對於智久來說那是完全陌生的領域，由於是盲目地探索，對於下一步要踩在哪裡才好，根本一點頭緒都沒有。

愛子老師臉上浮現安定的微笑，聽著這一連串的討論。

教做菜的時候，從火候乃至於水量、調味法等等，愛子老師總是能在絕佳的時機，準確地說出必要的話。以示範的方式清楚指出目標為何，於是通往終點的路徑便也容易掌握。料理所追求的，最後都是「做出好吃的東西」。

智久雖然幾乎不具任何烹飪的知識或經驗，但在教室中烹調時，都會徹底按照愛子老師的話，該怎麼做，要怎麼調整，理解步驟，確實地掌握各種訣竅。

現在也是。

愛子老師以若無其事的口吻，用飽含教誨的言辭說道：

「哪一天，要是能讓對方嘗嘗真淵同學的手藝就好了。」

就這麼一句話，智久的腦中一個明確的景象便拓展開來。

自己只知道自己對她有好感，至於想做什麼，自己也還不太清楚。但是現在，那個畫面鮮明地浮現出來了。

智久站在廚房，用平底鍋開始炒起什麼。不久，美味的香氣四溢，永遠子正坐在房間的沙發上。智久將平底鍋傾向一側，將菜肴裝盛到盤子裡，然後回頭看向永遠子。

嗨，準備開飯啦。

為了自己思念的人製作料理，若能讓對方和自己說「真好吃」的話，那是多麼幸福的事啊？對，我所冀望的，就是這樣的關係……

「好吃的東西，就是有聚集人們的力量。」愛子老師微笑著說道。

愛子老師的話語在心底迴盪時，智久察覺這話說的真好。

「若能締結一段緣分就好了。」

接著，愛子老師將臉轉向文森那邊。

「對了對了，說到緣分，據說真淵同學的工作是建築師對吧？」

一說完，文森啪的一聲打了個響指。

「啊，對了，這樣剛好啊！」

這話沒頭沒尾，智久歪著頭等文森繼續說。

「其實我很想開個咖啡廳。」

「咖啡廳嗎？」

文森是中京區著名的甜點師，聽說他現職為甜點主廚。

「對啊。我跟愛子老師提過這件事，其實我想要開間自己的店。現在正為了獨立作準備。不是外帶型的那種點心舖，而是能在現場享用的商店。」

「原來如此，所以才會選咖啡廳。」

「這個說起來也算是緣分吧。我現在正在找可以幫忙設計店的人，阿智，你要試試看嗎？」

委託我設計？

真是出乎意料，智久胸口傳來劇烈的心跳，但無法立刻就提出答案。在建築界，三十歲出線，四十歲還算菜鳥並不是稀奇的事。依照事務所的規模與所長的方針，通常都是將企畫或者行政管理交給新人。智久所任職的大澤事務所嚴格地遵循長幼之序，因此他至今還稱不上能獨當一面。

「雖說我是在建築事務所工作，但我現在也還只是個見習生而已……」

冷不防的請託讓智久有點慌亂，但文森並不在意。

「怎麼說呢，誰都會有接第一份工作的時候啊。」

文森自信滿滿的語氣，讓智久的心變得積極了些。

真要說的話，確實就是如此。

充分累積經驗，變成一個不太會失敗的人……光想著這些卻一直不去迎向挑戰的話，永遠都無法獨立的。

說不定這是一次好機會。

事務所的其他同仁也都是接親戚或者朋友的案子，並在取得大澤所長的許可後，成為該案負責人的。自己如果接下這份工作，那麼所有事務都交給自己處理的可能性應該也很高。

「我了解了。設計咖啡廳嗎？不是要單純販售，而是要讓人可以在店內用餐的是吧？」

「嗯嗯，沒錯。首先，理想的咖啡廳要座落在像京都的地方。像這間料理教室所在的建築物，不就很棒嗎？積累著歷史的建築物，讓人十分愜意。我想開的店，就是像這樣。」

瀏覽了室內一圈，文森的眼睛閃爍著光輝。

「我想要利用傳統的建築物。像女性在積累了年歲後，便會增添一層風韻似的，古老的建築物也具有這般美好的氣氛。」

文森的話，讓智久深有共鳴。

想著要去學料理，並著手調查附近的料理教室時，智久就留意到雜誌上的一張圖。那是在京都特輯中，介紹一家在舊式長屋內的料理教室。他就是從那幀照片中，得知了愛子老師。

木材建成的柱子、屋樑和建材都別有風情，褪色的草蓆充滿懷念的安心，彷彿遙遠的記憶因此被喚醒那樣的感覺。穿著廚師服的愛子老師揭示出真正具有情感的空間，確實地存在著。

我一定要去這裡看看。才這樣想，智久便立刻提出申請了。

愛子老師的教室之所以充滿溫馨和煦的氛圍，且自然而然地讓人的秉性與料理本身變得溫暖，大概要歸功於這棟建築物。

「確實，這空間真的很棒。」

「但是，這裡也有些地方開始腐朽了喔。」

愛子老師輕快地這樣說，讓智久瞪大了眼睛。

「欸？為什麼會這樣？」

「畢竟已經是非常老的建築了。原本住在這裡的居民大多都搬到生活更方便的地方。能撐下來，其實是隔壁做三味線的啦、做皮革包的……許多年輕的工匠聚集到這裡，用他們自己的手親自修繕，且一路住了下來，才盡可能地保持了此處的原樣。」

「原來是這樣子啊，真了不起！」

正如愛子老師在一樓開設教室，二樓則當作生活起居空間，在長屋內居住的其他人，也多半在一樓工作。雖然常可看見店家的招牌或門牌，卻不知道背後有這樣的故事。

觀察人們是智久的職業病，但對於愛子老師的家庭成員，倒還無法全盤掌握。

究竟是和家人一同住在這狹小的空間呢？還是一個人住？

感覺上，愛子老師的生涯彷彿是暗地裡關照整個家族的存在。雖然會讓人聯想到賢妻良母、賢內助等等現在很少提到的詞彙，倒也不會給人黃臉婆的印象，子孫的話題也聽她提起過。

「這麼棒的東西若任其腐朽，就實在太可惜了。」

文森一副無法接受的樣子，嗤之以鼻。

「可以想想巴黎的古老公寓為什麼能保存得那麼久，是由於親自翻修，而加深了眷戀之情。我的咖啡廳，也想要像那個樣子。」

聽了文森的意見，智久的頭腦立刻轉變成職業的模式。

「這樣的話，比起新蓋的建築，將舊屋翻新或者修復的計畫會更好。」智久愈想愈雀躍，整個興致都湧了上來。

「關於老舊建築的修繕，我很有興趣，一直都想要試試看呢！」

智久在學生時代的研究中，也對都市再生或物質文化財產的保存與應用等主題特別有熱情。

在京都，相當多古舊建築由於維持管理不易而遭拆除。在其中，即使只有一棟，由自己親手聚集力量加以復甦而成立的咖啡館，該是多棒的事情哪！

「美豔古老的樑柱，透出素簡閑寂感的草蓆。還有最關鍵的：從窗戶便可看見的綠意。我想要有露台的座位。能夠沐浴在太陽光中的露台座位，是咖啡廳內的特別空間！」

文森閉上雙眼，攤開雙手，滿腔熱情地說著。

「名貴的咖啡與紅茶，搭配上我做的頂級蛋糕。戀人或朋友在那兒閒談，或是一個人也能悠閒地度過一段沉思的時間，我想要開這樣的店。」

有露台座席表示需要有寬廣的庭院，這對於被形容長得像鰻魚的床鋪似的木造舊屋，說不定有困難。但是若能活用中庭，並適當地下點工夫的話……智久的腦中浮現一個又一個點子。

但在興奮的同時也有不安。畢竟關於建築的知識就是那些，但實際上從未憑一己之力工作過。

「我來做真的好嗎？」

保險起見再確認了一次，而文森倒是稀鬆平常地回答：

「對，當然啦。阿智工作起來相當謹慎，絕不會撒手不管的對吧？我在這邊觀察你做菜，了解阿智的個性，所以才想委託給你。」

聽了文森的話，愛子老師也浮現了笑容，點點頭。

「確實如此。若是真淵同學的話，一定可以的。」

之所以來這裡，是為了要學習做其實沒什麼興趣的料理，會和工作連結起來，倒是想都沒想過。這也算是一種緣分吧。

看見愛子老師點頭贊同後，智久下定了決心。

我想要回應這份期待。這是我自己決定要做的工作，我要做出超過文森所想像的絕佳咖啡廳！轉瞬間，智久整個燃燒起來。

「你有已經看上的區域或房子嗎？」

「還持續在市內尋找，不過已有幾個中意的地方。可以的話，我希望你來協助我選房子。」

「我知道了。我會和事務所的所長談談的。」

「那就拜託你了。」智久緊緊的握住文森伸出的右手。

「真好。要是咖啡廳蓋好了，我一定會去的！」

蜜琪兩手交握抬頭望著文森，表情充滿了期待。

「當然啦，開幕的時候，一定會邀請在座的各位前來賞光。」

「太棒啦！欸，佐伯先生也一定會去的，對吧？」

面對蜜琪的催促，佐伯也輕輕地點了頭。

「對啊。雖然我不愛甜食，但若是咖啡的話……」

「不要這樣說嘛。請你務必嘗一次我做的蛋糕。客人都說，即使是不擅長應付甜品的人，也吃得下我家的蛋糕。好！有幹勁了！阿智，絕對要做出一間好店喔！」

「好，我會加油的！」

看著大聲回應的智久，愛子老師以有力的笑容點頭稱許。

3

隔天，智久為了找建造咖啡廳的參考文獻，火速前往圖書館。找尋資料的時候，他在展示區域前方看見了永遠子的身影。

智久想起了蜜琪的建議，於是擺出生硬的笑容和她打了招呼。

「午安。」

永遠子抬起頭，微笑著回應道：

「午安。」

這算是邁進一步嗎？永遠子的笑容十分親切，智久想著，表示對方還記得自己吧。即使只有些微的記憶，但也許對方已覺得自己相當面熟了。

永遠子正在展示區整理繪本。內容似已更新，陳列的繪本與先前不大相同。

繪本的封面畫的是「家」，這引起了智久的興趣。

一隻豬正在用磚建造自己的家，其他的插畫裡則有稻草搭起的和木柴堆成的家。

「這是《三隻小豬》嗎？好懷念哪。某程度上，其實這也算是建築相關的書呢。」

智久說完，永遠子回以笑臉說：

「是啊，你有興趣真是太好了。」

接著她似乎變得有點靦腆。也許是自己多心了吧，智久覺得永遠子的話中有別的意思。

說不定，她之所以要拿出現各種房屋的《三隻小豬》來當展示的主題，是將前幾天的那次詢問作為一個契機，想著可以引起智久的興趣，所以才弄出這展覽……

不不不，我想太多了，太自我感覺良好了。

想著她在等我再度造訪圖書館……什麼啊，哪會有這麼剛好的事。但是，該不會、該不會真有這種事……智久無法遏止自己天真的期待。

一旦開始在意，就無法平靜了。

啊，真耀眼哪，幾乎沒有辦法直視她了。

「這裡有各式各樣的繪本呢！」

瞄了永遠子一眼後，智久瀏覽著展示的繪本。

小時候也讀過幾本，但此處大量並列的繪本實在太過癮了。即使標題相同，也會因為繪圖風格不同而給人完全不同的印象。有以寫實的方式描繪豬與狼，也有詼諧地讓他們穿上衣服擬人化的。

拿起一本繪有圓滾滾三隻寫實風格小豬的繪本，啪啦啪啦地翻頁讀起來。

智久的記憶中，不管是先以稻草蓋房子的小豬，還是以木材蓋房子的小豬，牠們的家都被狼給吹飛了，因此逃到磚造的小豬家去求助，但是這繪本的情節卻是以那兩隻小豬被狼吃下肚的狀況發展的。

不止如此，由於狼無法吹垮磚造的房子，便從煙囪入侵，但小豬早已在下面備好了一鍋沸水，於是從煙囪落入鍋中的狼，便被小豬烹調後當作晚餐吃掉了。

「原來也有這種殘酷的結局啊？」

智久說完，永遠子點了點頭，將幾種資料攤了開來。

「這是從喬瑟夫．賈克布斯[12]所著《童話故事》（*English Fairy Tales*）中收錄的故事翻譯過來的，許多人記得的另外兩隻小豬也獲救的版本，是由華特．迪士尼所製作的動畫情節。」

「啊，這麼說來，我好像有看過呢。」

智久想起來了，胖嘟嘟的小豬快樂地唱著「狼有什麼好怕」的畫面。影像中，兩隻小豬用稻草和木頭三兩下蓋好房子後就玩鬧起來，但排行老么的那隻小豬則孜孜矻矻地

---

12 喬瑟夫．賈克布斯（Joseph Jacobs, 1854-1916）：澳洲的民俗學者、文評家、歷史學家與作家。

用磚頭砌起屋子。

「三隻小豬」感覺確實是西洋會有的傳說：由於磚塊最強，會認為磚造的房子絕不會被吹飛，乃因西洋建築特別重視「牆壁」。而先前讀的《五重塔》卻寫到：若是以日本自古流傳的榫木法來建造房屋，連颱風都能經受得住。木材蓋的房子竟然會被大野狼簡單地吹飛，這讓熟稔傳統木造工法優點的智久相當不滿。

「像這樣並列著比較各版本的不同，很有趣呢！」

一邊這樣說，一邊翻閱著英文版的內文時，智久注意到一件事。

「木造房屋，原文竟然不是用wood嗎？」

英文版的內文中，第二隻小豬在取得房屋建材的那一幕，寫的是「give me that furze to build a house」。

第一隻小豬用的是「straw」，第三隻小豬用的是「bricks」。至於第二隻小豬的蓋起來的「木造房屋」，卻不是用「wood」這個字嗎？就智久的知識，並不曉得「furze」這個英文詞彙的意涵。

「真的耶，我現在才注意到這件事。」

永遠子看了一下智久拿著的書，這樣說道：

「請你等我一下，我去拿辭典來。」

不久，永遠子便從書架上拿來了詞典和圖鑑。
「是這個吧，刺金雀花。豆科植物的一種。」
永遠子將詞典翻開，查閱「furze」，下面的漢字寫著「針金雀兒」。
接著，永遠子又翻開圖鑑。
裡頭有刺金雀的照片。黃花，名字的前方有「刺」一字，是因為刺金雀花的葉子像針一樣尖，枝上生有棘刺。植株通常不超過兩公尺高，莖條也細。
「原來如此。用這種植物來建造房屋，會被野狼吹飛就說得通了。因為就我對日本木造建築的印象來說，這點無論如何都不合理嘛。」
智久邊說邊笑，永遠子也浮現了笑容。
「真的呢。賈克布斯的版本雖然不是木材，但都翻譯成樹枝或小枝條了，這本應該也是翻譯成樹枝。」
永遠子拿起一本展示的書進行確認，確實書上寫的是樹枝。
根據繪本的插畫，似乎是使用類似三合板的東西為建材，蓋成了一間小木屋。但如果是用收集來的樹枝或小枝條搭成的屋子，外觀看起來不就和用刺金雀花這種植物所搭成的屋子挺相像的嗎？
「畢竟是日本人不熟悉的植物，為了讓孩子容易理解，才翻譯成木頭的吧。」

智久同意永遠子的推測。

「用刺金雀花搭成的房屋，實在很難想像呢。」

「以兒童為導向的作品，有很多類似的情形噢。例如在貝果這種食物尚未普及的時代，常常看到被翻譯成麵包捲……」

「咦？有這種事。成為大人之後回頭來看繪本，還會有這番新發現，真是有趣極了！」

哪一天也想看看活生生的刺金雀花，智久想著。實際上，以稻草和刺金雀花為材料建造屋子，也是很有趣的。這種狀況下，該怎麼畫建築設計圖呢？當然，這大概不是適合人居住的房子吧。就算是無法實踐的案子，也因為構想而有了實際建築的景象。

智久的腦中閃出了一個靈感。

對了，文森的咖啡廳就使用法國的植物吧。

對一間店面來說，內部裝潢是不可免的，但外觀給人的印象也很重要。室內設計與待在其中的感覺相關，外裝則足可左右是否能招攬顧客。

京都的舊屋與法式點心相融合；成為居中媒介的，就是外裝空間中的植物。在日式庭院裡栽植法國的花卉，應該就能表現出整體感。

「謝謝你。托這個展覽的福，讓我有了工作上的靈感。」智久以不破壞圖書館幽靜的細微音量，興奮地陳述著。

「能夠幫上忙真是太好了！」永遠子也抬起頭看著智久，很高興地說。

視線相會，成了彼此凝視的狀態，智久心跳不已，趕緊慌慌張張地別開視線。

「不好意思，打擾你工作了。」

沒預料到已經站著說很久的話了。這樣也算是相談甚歡嗎？智久相當愉悅，但不曉得永遠子怎麼想。

「啊，對了，今天來是為了找和咖啡廳有關的資料。」

「咖啡廳嗎？」

「對啊。工作上我準備要把一間老屋翻修成咖啡廳，為了製作圖像，想來看看有沒有可供參考的資料。」

「需要幫忙嗎？」

「如果可以的話，就拜託妳了。」

「我知道了，那麼……」

永遠子很快地將展示區域的繪本整理好後，走向書櫃。

「與室內裝潢有關的在這裡。然後，京都的咖啡廳導覽書籍則在那邊……」

雖說是咖啡廳的資料，既有開業須知，也有關於咖啡的食譜、漂亮的飲料店圖鑑、實際介紹咖啡廳的觀光導覽手冊等，種類繁多。接下來，只要從中找出有舊屋翻修相關資料的書就可以了。大澤事務所的委託案多半都是新建築的設計，幾乎沒有和翻修相關的資料。雖然需要調查的事情堆得像山一般高，但永遠子的建議讓智久得以找到需要的資料。

「謝謝你，幫了大忙了。」智久抱著好幾本書道謝。

要是自己只在建築學的書櫃上搜尋，則可能會有遺漏的部分，但永遠子則從各式各樣的觀點來收集資料。

「我想很快將這裡記載的咖啡廳看過一遍。啊，對了，小姐你有沒有什麼中意的咖啡廳呢？」

「非常抱歉。作為圖書管理員，不能提供主觀的回答。我可以提供你與咖啡廳相關的資料，但若是我個人的意見……」

也是。無論如何，她是圖書管理員，我是圖書館的使用者。

與初次借書的時候相比，感覺上她與自己的距離好像有接近了一點。但是，只是因為智久身為圖書館的使用者，她才放心與自己接觸的。不能與私人的親密程度搞混了。

智久的內心，對著有點飄飄然的自己說了這番話。

「不好意思，問了奇怪的問題。」

「別這麼說，我才不好意思。那個……」

話語因躊躇瞬間中斷後，永遠子又繼續說：

「若能變成一家很棒的咖啡廳就好了。」

永遠子的臉又再度堆起笑容。

這個笑容，是工作上的。

即使用這個想法來設立防線，也無法停止對她的思念了。

4

那一天清早，智久懷著雀躍的心情去上班。

文森的咖啡廳一案讓他迫不及待，幹勁滿點，想接受新的挑戰。與永遠子的邂逅，似乎讓所有的事情都顯得新鮮而閃閃發光。學生時代為了親眼去看鍾愛的建築物，遠赴歐洲或印度旅行那般的高昂鬥志，現在又再度燃燒起來。

只是一名女子。而且，也還不是戀人什麼的，只是存在著這麼一個人而已，僅僅是這種程度，就足以湧出這般能量，讓他自己覺得不可思議。

大澤設計事務所是配置有玻璃磚與格狀窗框的混凝土三層建築，從遠處看是棟顯眼的建築物。

到了事務所後，先讓室內通風，擰乾抹布，擦拭接待桌。以前事務所有更多同仁，現在包含智久只有六個人。在每個人工作用的作業台邊，各式各樣的東西都有固定放置的位置，因此不可隨意觸碰。清潔完盥洗室後，便給觀葉植物澆澆水，將郵箱裡的報紙拿出來，掛到鋁製報架上，再清洗咖啡機，補充新的咖啡粉。

事務所中最年輕的智久，早上都第一個到公司，整理出一個讓其他同仁能舒服工作的空間。倒不是有誰要求他這樣做，而是實力不足的自己，目前在工作上能提供貢獻的部分不多。現在的自已，還有很多需要請教別人的地方，正因為有這樣的自覺，因此跑腿或者處理雜務也不會感到辛苦。

智久最喜歡晨間時光，這時段不會有電話打來。整個空間就他一個人，是一段能夠完全不受干擾地工作的寶貴片刻。

「喔，真淵，今天真早啊。」

不久，所長大澤正博便與愛犬洛伊德一同出現了。

大澤年近六十歲，每週會上健身房三次，因此身體仍舊結實，很有活力。穿著義大利製的名牌白色夾克，戴著具炫耀意味的高級手表，還有將雪茄當作時尚小物叼著的姿態，便是大澤給別人的第一印象：高格調，高收入，精明幹練的建築師，把事情交給他絕對不會錯。

「早安，老師。」

智久為洛伊德在塑膠製的容器內裝了些水。

洛伊德是一隻滿六歲的柯基犬，在事務所也算是智久的前輩。照顧這隻柯基犬，也是智久的工作之一。

「老師今天也很早呢。」

「因為簡報將近，這是最後一搏了。」

「要喝點咖啡嗎？」

「麻煩你了，濃一點。」

端著泡好的咖啡，智久走向大澤的作業台。大澤接手了一些以關西為中心的教育機構和購物商場的設計案，在業界算是相當知名的建築師。最近活躍的領域已拓展至國外，現在在進行中的企畫便包含南韓的大學與卡達的音樂廳。

大澤的作業台旁的壓克力盒內，有著為了建案簡報製作的音樂廳模型。包圍舞台的大廳中，按葡萄園形式配置的座位，座位上則坐著以紙剪成的人形，舞台上還擺放管弦樂團的模型。

這個白色模型大部份是由智久製作的，每次當他經過模型前，都會有點得意。自己的工作變成可以用眼睛看見的實體，實在令人高興。光是這樣看模型都會覺得那麼愉快了，到了建築物真正完成的時候，不曉得會有多麼感動啊。大澤的設計在考量身體感的部分有相當的水準，除了音樂廳的動態外，動線上也已開始考量細節部分，完工的那一天已經指日可待了。

「先前待修正的平面圖弄好了嗎？」

「是的，在這裡。」

大澤啜飲咖啡，一邊確認智久的圖樣。

事務所中，提出設計案主要是由大澤負責，智久除了按照要求對圖樣進行修正外，還需確認門窗材設備、估算建築費、製作模型等輔助性質的業務。雖然從也可以學到很多，但由於無法自己親手設計，因而覺得不夠滿足倒也是事實。

「好，感覺不錯。幫我和客戶約下下週的週六洽談吧。」

在滿意地點頭稱許的大澤面前，智久輕輕地嘆了口氣。

接著，他將話題轉到文森所委託的咖啡廳一案。

「老師，其實有件事，我想懇請老師與我談談……」

在試探對方的這一天之前兩週，抽出了幾天空閒，和文森一起去看了幾間店面，從空間的設計到營運計畫等等，談了各式各樣的事情。尤其是文森看上的，是一間有百年歷史的町屋，其中有稱為穿廊[13]的狹長廚房以及倉庫。由於現在沒人使用，因此外觀看起來已經有些老朽，但建築物本體倒還強健，十分適合翻修更新。

房子是否能供租賃，還在與不動產業者洽詢中，但智久早已開始考量改裝計畫，並

13穿廊：京都連體式町屋中特有的狹長空間。

呈現出設計圖樣。

「將町屋變成咖啡廳？翻修嗎……簡單說的話，就是要整個改裝了吧。」

看著言語間充滿鬥志的智久，大澤面有難色。

「你啊，來到我們這裡幾年了呢？」

「第四年了……」

「你知道現在是最重要的時期嗎？像這種工作，交給其他人去弄就好了。都說適才適所嘛。」

「當然，我很清楚老師相當忙碌。這個案子的相關事務會全部由我來負起責任。我已經構思出幾個計畫了。」

「責任？責任哪……」大澤一邊低吟，一邊皺起了眉頭。

「說是這樣說，但畢竟我們是大澤設計事務所哪，這與實際上是由誰來負責此事是沒有關係的。」

「但，老師……」

「與其接這種案子，從音樂廳之類的地方累積經驗的好處更多。你不是也很清楚嗎？」

「那邊的工作我也不會放手的。」

智久斬釘截鐵地回答，但大澤的臉色依舊難看。

「總而言之，這不是我們家會接的案，交給別人吧！」

彷彿要結束掉這個話題似的，大澤一口氣喝光了咖啡，並將空杯子交給智久。然後立刻攤開其他工作的文件，再也沒有抬起頭。

沒有想到會是這樣的結果。

以事務所的狀況來看，現在經手的案子並沒有多到滿坑滿谷的程度，還有可以接新工作的餘裕才是。而且感覺起來，也差不多到了可以將程度差不多的工作交給自己來辦的時機了。

文森委託的案件規模上剛剛好，原本智久還擅自想著大澤會乾脆地把這件事交給自己負責……

走到茶水間，轉開水龍頭，清洗咖啡杯；手沒有停下動作，但智久卻已陷入茫然若失的狀態。

原本以為這個頂尖的建築師會很大器地痛快答應文森的委託，但結果卻是拿事務所之名壓在自己頭上，決定權又全由所長掌握。再怎麼想要的工作，上面的人說不行的話，也只有聽從一途……

不知道什麼時候，洛伊德跑來了腳邊。

「汪」，洛伊德小小的叫了一聲，才將智久喚了回來。柯基犬抬起頭用渾圓的黑色瞳孔望著自己，智久抱膝蹲了下來，梳著狗毛。藉由撫摸著溫暖的皮毛，多少回復了一點精神。

現在可沒有垂頭喪氣的時間。首先得按照大澤剛剛所指示的，與客戶聯絡才行。其他同仁也陸續到了，事務所開始活動起來。整理文件、確認法條、向公所遞送申請書等等，一道又一道指令接踵而來，時間在不知不覺間流逝。

「真淵，你還沒午休吧？」

智久聽到聲音抬頭，發現前輩石津站在身旁。兒子已經上大學的石津，在事務所內已經算是元老級的女性了。服裝相當氣派，嗓門又大，人也強勢。她主要擔任經理，處理事務的高明手腕使她成為事務所不可或缺的存在，連大澤有時都無法在她面前抬頭。

「年輕人哪，不好好吃飯是不行的啊！快，站起來站起來，去吃午餐了！」

被用半強迫的方式帶到了離事務所不遠的一家義大利餐廳。事務所會在這邊舉辦新年聚餐，晚上有時也會來吃，但中午跑來吃倒是頭一遭。

「說起來，真淵哪，你去了料理教室上課，對吧？」

石津一副好奇心滿滿的樣子向自己搭話。

「現在這時代，會做菜的男生也不怎麼稀奇了呢。你晚餐也都自己煮嗎？」

「是的，煮一些簡單的東西。」

「真厲害。我也讓我家的兒子從小幫忙做菜，也教會他做家事。幸虧如此，即便我忙起來，他也能夠霹哩啪啦地煮好晚餐，一點也不需要我照顧了。恩，這和是男是女沒什麼關係，做菜這事還是得學會啊。」

石津很熟練的一邊點了今日推薦的義大利麵套餐，一邊對智久說。

「喜歡什麼就點，錢我幫你出。」

「啊，但是……」

「不要緊不要緊，是所長拜託我的啦。說是要鼓勵垂頭喪氣的你。」

得知了大澤的用心，智久心中五味雜陳。本來以為早上談過之後，所長一定完全不會認同自己的事，只會置之不理。

智久點了和石津一樣的義大利麵套餐後，喝了一口水。

「詳細的情形可以說給我聽嗎？發生了什麼事？」

關於咖啡廳的事，智久簡要地向石津說明了。雖然心底仍不願接受所長說的，但還是選擇使用不帶感情的言詞冷靜地描述始末。

「原來如此啊。若真是這樣，淵你會沮喪也不是沒道理的呢。」

「我想現在工作的量並沒有多到哪裡……就算不能讓我負責此事，至少事務所也可以接下這個案子不是嗎？」

果然，無論如何自己都不想放棄，智久這樣說了。

「嗯，看來是個有點麻煩的問題呢……」

石津將手伸向剛端上來的沙拉的同時，臉色也變得不大好看。

「所長不願意接這個案子，並不是因為忙碌的關係，而是有其他的理由。」

「你說的理由是指什麼？」

智久認真地反問，石津因此停下吃沙拉的動作。

「你還不懂嗎？」

大概是自己的能力不足，所以無法交付工作之類的吧。

但是，別的理由究竟是……？

想不出什麼原因，於是智久將頭傾向一側。

「理由是，工作並不是到哪都一樣的。」

石津浮現一抹苦笑地說。

「料理教室應該也是這樣吧，真淵你啊，應該是一個主張平等的人吧。」

石津沙沙地咀嚼著萵苣說：

「真淵，你們這個世代的孩子，應該會很自然地就意識到男女平等的這件事吧。假如結婚的話，真淵應該也會公平地分配家事吧？」

「說起來，如果是夫妻都工作的話，這不是當然的事嗎？」

智久的腦中浮現了永遠子的身影。

自己一邊妄想一邊苦笑，但一旦描繪起未來結婚的景象，她便出現在那裡頭。

「但是，老師的話，家事是全部交給妻子的，家中的大小事是完全不碰的。我們年輕的時候啊，在工作上也只是泡泡茶、掃掃地，做些所謂該由女性擔任的工作，老師心底應該還有著這樣的想法吧？」

「喔……但，感覺起來事務所並不是這樣的地方啊？」

事務所中也有女性職員，但舉凡為訪客泡咖啡，還是接電話等事務，都是由最年輕的智久負責的。從這邊可以看出大澤並不是看性別，而是看能力來分配工作的。石津理解了智久的疑問，點點頭後繼續說：

「那是因為，老師表面上不能表現出歧視啊。要在國際間打滾，你也知道必須要考慮到這一面才行。但是，雖然他裝作理解的樣子，心底深處依舊有『男生做菜這種事……』這種難以割捨的抵抗意識。這也是為什麼在這一次的狀況，老師內心深處會有這樣的理由。」

大澤對於智久去上料理教室一事，也說過「有閒時間去搞這種活動，簡直像ＯＬ似的」這樣冷漠的話。又說自己年輕的時候，光是要學會工作上的事就已經筋疲力盡了，哪有這種空閒等等，一副「真不像話」的樣子碎碎唸了一番。那時並沒有多加留意，原來大澤對於一個大男人跑去上料理教室那麼在意。

「老師是將購物商場的設計當作墊腳石，提振名聲，才得以爬到現在這個能夠經手國外公共設施案的位置的。」

石津在「提振名聲」這幾個字上特別用力地發音。

「就我私底下的了解，建築這項工作還是有類似等級的區別。真淵可能對這種事不怎麼關心吧。但是，在意的人就是會在意，正因為能夠經手那些教堂、美術館、圖書館等飄蕩著文化芬芳的公共設施，才會是一流的建築師。老師在年輕的時候，就覺得商業建築和各機關大樓，或文化公共建設相比，是較為下等的東西。」

即使對建築沒什麼興趣的人，也會聽過高第的名字，或者是多少知道聖家堂。教堂這種風華獨具的存在，只要是建築師都會懷抱著至少要親自嘗試一次的憧憬。所以，石津所說的，並不是不能了解，但在被點出這些事之前，智久確實不曾這樣考慮過。

「比起那些商業建築更次級的，就是尋常的個人住宅或小規模店面，在那些小里小氣的地方掛上建築師的名字是很丟臉的。而且，翻新、改裝這種多的是工程業者在做，不是建築師的工作。老師想的應該就是這樣。咖啡廳，而且是翻新對嗎？要是接了這樣的案子，會被認為是等級很低的事務所。從老師的立場試想，就會知道那是身為建築師的驕傲所不允許的。」

義大利麵端上來的時候，石津把話停下來，伸手去拿叉子。

雖然沒什麼食欲，但智久還是吃起義大利麵。

「大澤設計事務所已經接下了世界規模的企畫案，由於老師已有這等自負，因此事務所無法承接那些在鄰近周圍會被小看的案子，這才毫不考慮地拒絕了，倒不是不想交代工作給真淵君這樣的理由。」

雖然看不見，卻是作為不成文的規定而存在著的工作規則。國外的公共設施建築這種有價值的案子就接，町屋翻新成咖啡廳的案子就不接。這就是身為一個建築師的驕傲？聽完石津的說明，智久的心一下子冷了下來。

太荒謬了……

我很尊敬大澤，尊敬他是所長，尊敬他的功績。但這件事不能不說。

「不管是建造感動人心的教堂，還是建造感動人心的咖啡廳，不都是一樣的嗎？在接下案子之前，就把案子分等級，這種事太荒謬了。」

面對口氣不小心變得強勢的智久，石津只是輕輕地聳了下肩膀。

「你對我說也沒用啊。」

智久沒有再說什麼，默默地吃完義大利麵。義大利麵已經冷掉了，可以感覺到番茄醬強烈的酸味。

5

智久對文森實在說不出口，咖啡廳的案子已經撤銷了的事。

他正考慮直接當面說比較好的時候，去料理教室上課的日子就到了。雖然心裡想著「說啊，說啊」，但要對興致高昂的文森說抱歉，說自己的窩囊、真不像樣等等，實在是非常困難的事情。

還是不要大家都在的地方講，等上完課，在回家的路上再坦承好了……無論如何，先聽愛子老師上課，做做料理吧。

「真淵同學，今天沒什麼精神呢，發生了什麼事嗎？」揀選裝盛用的器皿時，愛子老師說道。

「沒有啊，沒這回事……」

雖然不打算讓別人瞧見自己苦惱的模樣，但愛子老師似乎已經看透了。

智久在胸中抱著大石頭的情緒下裝盛菜肴，圍在餐桌旁坐好後，雙手合十低聲說著：「我開動了」。

今天的菜單，就是上次提到的，油炸麵筋夾起士。

從麵筋的正中央切開一條縫，包夾半融的起士，再用海苔捲起來，裹上太白粉，下鍋炸到微焦就完成了。

一口氣蘸上抹茶鹽吃下，外表酥酥脆脆，在柔韌的麵筋彈牙的同時，熱騰騰的起士也流融出來。摻和微苦的抹茶，成了讓人想喝啤酒的別致風味。

「哇，這真是好吃啊！」文森對著低聲自語的智久強力點著頭。

「確實是美味，而且會想配夏布利白酒。」一說完，佐伯就笑了起來。

接著，他從背後取來酒瓶，咚的一聲放在餐桌上。

「比起那個，這個才更讚啦！」

那是用伏見的好水釀的純米吟釀酒。

「本來是準備要用作賞花酒的，但因為今年下雨錯過了機會。一個人喝這個又不過癮，所以我就拿來了。」

不只是文森和智久，連蜜琪的眼睛都閃閃發光。

「哇，愛子老師，可以帶酒來嗎？」

「嗯，當然可以。來，請用。」

愛子老師拿來古伊萬里式樣的酒盅[14]，一個一個交給大家。

「佐伯，你真是個好男人！」

斟酒時，文森滿臉感動的神情。然後，囫圇一口飲盡，嘆了口氣，深深有感地喃喃道：

「啊，停不住啊！這一杯。」

蜜琪用兩隻手捧著酒盅，一小口一小口地享受著酒香。

「太棒了，不管是飯還是酒都好合我的胃口，啊，好幸福喔！」

佐伯朝著智久的酒盅斟滿酒。

宛若澄澈的河水般透明的液體含在嘴中，馥郁的香氣擴散，衝入鼻腔。溫潤的味道沿舌面滑落，入喉的觸感也好，又殘餘著優雅的芬芳。就算是還喝不慣日本酒的智久，也可以察覺酒的品質極高。

「對了，那之後狀況怎麼樣啊？」

佐伯說完，智久一瞬間就回神。

接著，不遠處的蜜琪也靠近過來。

14 酒盅：原文為「猪口」（チョコ），或可作ちょく（漢字表記亦為猪口），指飲用日本傳統米釀造酒的小酒盞。

「對啊對啊，圖書館裡的美人兒，和她有什麼進展嗎？」

喔，不是指工作，是指那件事啊。

「基本上算是認識彼此了，可以稍微簡短地交談。」

「太棒了！即使只是一點點，能夠縮短距離總是好事。」蜜琪的臉頰微微暈著桃紅，低聲說道。

「原來如此啊。看你臉色這麼差，我還以為你肯定被甩了咧！」佐伯則擺出一副不大關心的表情，輕輕說著。

這番話，倒是讓蜜琪爆笑出聲。

「嗄？佐伯同學，你怎麼這麼過分！」

「但其實就算被拒絕一、兩次，也別放棄嘛。」

平常都不加入聊天的佐伯，這回倒是用他的方式關心起人了。得知這層用心，智久覺得這酒愈來愈好喝了。

別放棄啊！

這話在戀愛上算是一種建議嗎？對智久來說，另一樁懸而未解的事反而因此刺痛了自己一下。

雖說被大澤給拒絕了，但也才一次嘛。

這樣就放棄了的話，好嗎？

智久默不作聲地傾斜酒盅，正用筷子夾起菜肴時，愛子老師將手伸向餐桌。

「可以的話，請吃吃看這個。」

愛子老師拿出一只長方皿，將以竹籤串好的四串麵筋並排在上面。

「剩下的幾串麵筋我已經佐好味噌了。作法很簡單喔，稍微炙燒一下之後，將柚子味噌放在上面就可以了。」

登場的這道菜也是和酒很搭的料理，大家歡呼了一陣。即使是同樣的素材，不同的調理方法給人的印象也會截然不同，進而產生新鮮感。

酒盅一見底，佐伯就又立刻斟滿，智久漸漸有點醉了。他全身熱呼呼地暖起來，大約就是人稱的「酩酊」吧，搖搖晃晃的漂浮感使人舒暢。

「我想，我們真的會有一間很棒的咖啡廳，是吧，阿智？」

意識到的時候，文森正拍著他的背，於是智久大幅度地點點頭。

「對啊，絕對會的。開幕的時候，一定會請大家光臨！」

自己到底在說什麼啊！

對於脫口而出的話，智久腦中依舊冷靜的部分嚇了一跳。

咖啡廳的案子，已經被所長撤銷了啊……

但是，嘴巴卻停不下來。

「所謂的建築呢，就是把房子蓋好，交付給客戶。並不是這樣就完了，在此之前還得多方考慮才行呢。這明明是理所當然的事，最近為了讓所長同意，我拚命忙著事務所的工作，結果差點忘了最根本的事情……這一次由於要經手的是古老的房子，因此得留意繼承、留存的事情等等……說是我自己的案子，實際上在收手後，會對不認識的人造成各式各樣的影響的啊……」

一隻手拿著酒盅，好像在做什麼宣言似的，眼睛溜溜地將整個餐桌環視了一圈。

「咖啡廳雖然是文森先生的委託，但某種程度上，其實是為了在開店之後，讓所有客人都能夠舒適地消磨時光而建造的東西，也就是不只是為了客戶，而是為了咖啡廳的使用者而設計的。」

在酒精的催化之下，智久變得比平常還要饒舌許多。這些東西不能和工作上的相關人員說，但若在這邊，就能盡情抒發了。

「所以啊，對我來講最高興的事情，倒不是蓋出什麼非常雄偉的建築物而得獎，也不是在業界獲得高度評價，而是造出一個能夠讓心情舒暢，讓喜歡該處的客人待著，並且一直使用下去的咖啡廳啊……我想要做的是這樣的工作。」

長長的發言之後，才發現自己好像太熱切了，突然覺得很丟臉，於是一口將酒飲盡。其實他從未察覺原來自己是這樣想的。要是沒有今天這樣的場合，大概也不會深思這些事情，而是重複往返事務所與住處，呆板地上班吧。

「這教室也是一樣呢！」愛子老師溫柔微笑著說。

「雖然把料理的作法教給你們，但並不是教完之後就結束了，而是讓學生真的喜歡這件事，在家中不斷地嘗試，讓那個變成自己的東西。那時，我的工作才是真的告一段落了。」

聽了愛子老師的話，智久的心中有強烈的共鳴。

自己的工作，是要對誰有益，使其人生變得豐富的。不只是愛子老師，文森、蜜琪、佐伯也都是，在場的所有人都是能夠理解這種心情的。

智久凝視著愛子老師剛端出來的蘸有味噌的麵筋，炙燒且蘸味噌後恰好能成為下酒菜的麵筋，與紅豆適當搭配的話也可以變成很棒的點心。而且作法應該有好幾種才對。即使材料不變，藉由與不同的調味配方多方嘗試，不就能夠推演出好幾種不同的發展嗎？

對，所以說……

這時放棄還太早了。

再去和所長過一次招吧。

下定了這樣的決心，智久將蘸有味噌的麵筋一口咬了下去。

※※※

隔週的週一到來，智久一邊做著事務所的工作，一邊觀察大澤的心情尋找機會。大澤撫摸著洛伊德，與電話的那頭談笑風生，看來心情不錯。

當對話告一段落，大澤掛上電話的時候，智久立刻叫道：「老師！」

「那件咖啡廳的案子，我依舊沒有辦法放棄。求求您！讓我做吧！」他單刀直入地說著，並將頭低了下來。

如果是因為自己的經驗不足而不能將工作派給自己，那也是沒辦法的事。但是，如果大澤是因為自己所堅信的事情而挑案子的話，那麼就還有突破的機會。

「將町屋改裝成咖啡廳一事，就規模來說確實是一件不足掛齒的工作，也許是一件配不上我們事務所的案子。但是，最近古舊民宅的再生企畫開始引人注目，獲得媒體關心的機會也很多。而且藉由拆除再漸進而活化區塊作為一種大方向，不也是得以寄託建築業未來的一種方法嗎？現在我去上的料理教室本身，雖然也是即將腐朽的長屋，卻是相當美妙的空間。好不容易待在京都這個充滿歷史的城鎮裡，我想嘗試做些能夠將之活絡起來的工作。」智久一口氣講完，然後畏畏縮縮地偷瞄大澤的表情。

「又是這件事啊，你還真是煩人哪。」大澤抬起眉毛，一副敗給你了的表情。

「是的！無論如何，我都想要試試看！」

「即便如此，如果我說不行，你要怎麼辦？」

自己是真心想接下文森的委託案。但是，如果還想在事務所待下去，大概就不能再繼續強求了……

智久的腦中浮現「辭職」這兩個字。但是當下卻說不出口。大澤彷彿看透了這件事似的，露出了惡意的微笑。

「如果你想要接自己想接的工作，那就快點獨立出去吧。」

「我知道的。但是，我現在也還想在老師的身邊繼續學習。這一次的事，我也拜託您，讓我學習一次吧。我已經有設計稿了，請老師務必給我一些建議。」

大澤身為建築師的自尊，其存在的方式與智久似乎很不相同，但對於建築的熱情應該是一樣的。智久看透對方的喜好後，認為如果大澤確實是自尊極高的人，一定會被刺激到。

「並非只是單純的翻新，在此之前我還想先摸索出這種建築整體的姿態。我一定會讓你看見足以被人們稱許說『真不愧是大澤事務所』的成果。請讓我做吧！」

叼起雪茄的大澤，用一副調侃的表情說道：

「哎，真淵。你呀，雖然認真、耿直是你的優點，但同時也是你的缺點。如果你想要在這個業界內生存，必須要更有野心、更狡猾一點才行。」

用打火機點燃雪茄的大澤將菸吐出來，繼續說道：

「但是看起來，不討價還價，而從正面攻擊的角度來看，大概算是你的強項吧。像笨蛋似的直線思考，某種程度上我還真羨慕哪。」故作姿態地嘆了一口氣後，大澤直勾勾地盯著智久。

「你既然都說到這份上了，就做做看吧。」

「咦？老師……」

「改裝木造房屋這種彆扭的工作，限制很多，且要耗費不少工夫，收入又少。但是會是很好的經驗，我有些熟悉老建材的朋友可以介紹給你，此外，假日要來工作，其他部分的工作效率不能因此變差。」

「好的！非常感謝！其他的工作我會竭盡所能，絕對不會給您添麻煩的！」

智久的聲音掩飾不住感激之情，再一次低下了頭。當他再度抬起頭的時候，注意到了來自房間角落桌子旁石津的視線。始終看顧著此事的她，宛若稱許智久的凱旋般，無聲地鼓掌起來。

6

既然都誇下海口了，智久只得拚命工作。假日他幾乎都在家中趕工，但並未感到不滿。反正也沒有其他熱中的事，能這樣專注在工作上，倒是最快樂的事。

一晃眼就過了一個月。

文森最初看上的地點已經淘汰，因此又去看了與期待更相符的町屋，也順利地租下來，設計的部分已經完稿，剩下的就是實際進行工程了。

使用個人電腦，分配木匠、泥水匠與塗裝工人的工作；排定給水排水工程、天然氣工程、建材與門窗的搬入日期等作業程序，還有估算施工所需時間，並擬定整體的工程進度表。

製作工程進度表，有著拼圖般的趣味。若要縮短工期、增加工程人員的話，人事成本必定增加。此外，有些工程在建材未搬入前無法進行，要是過早召集工人，就會是徒勞。而且天氣並不會按照預定的行程來走，作業程序是否得當、工作分配安排是否有效率，都能夠從工程進度表上看出功力。

智久從中午之前開始著手，等意識到時間，已經過了下午三點。集中的精神一旦中斷，就感覺到肚子餓了。雖然有喝點咖啡，但沒吃到什麼像樣的食物。他打開冰箱拿出牛奶，由於玉米片還有剩，淋上牛奶就開始吃起來。但，就是有哪裡不太對勁。

智久咀嚼著玉米片，心底的某種渴望突然湧了上來。

好想吃麵筋哪……

柔韌的口感，扎實的彈牙感，入喉滑順。真想念在愛子老師的教室學到的白蘿蔔炊雞佐麵筋的味道；一旦想起來，連刀山油鍋都擋不住，智久決定去購買食材。走著走著，想起蜜琪提到錦市場的店鋪。雖然麵筋在附近的超市裡頭也有賣，但不知為什麼，還是想去錦市場看看。

因為是假日，錦市場的觀光客很多，顯得非常熱鬧。

智久雖然來過好幾次，但他一次也沒想到要買麵筋來嘗嘗。一直以來吃不習慣的麵筋，現在進入了自己的人生。想到這件事總讓智久覺得很有趣。成為大人之後仍舊不斷改變的自己，算是人生中小小的變化。

錦市場中有間麵筋專賣店，各色種類的麵粉製品都排列在那兒。不只有單純的麵筋而已，還有新鮮的、橘色的南瓜麵筋，以及摻有艾草提煉物的綠色麵筋，另外還有花朵外型的麵筋，相當美麗。一個一個看過去，智久最後決定買混有栗子的麵筋，把商品放進購物籃的時候，看見了用竹葉捲著的東西。

那是餡麵筋，就是蜜琪盛讚的，用麵筋製成的點心。外層包裹著的竹葉，看起來相當清爽。

啊，對啦，這個也買來吃一次看看好了，智久也拿了一個。

這時，背後有人出聲。

「午安。」

聽起來令人舒適的聲音讓智久大吃一驚，抬頭回顧。手上拿著的餡麵筋差點就掉到地上去了。

永遠子就近在身旁。

「啊，午安。」

真是不敢相信哪，總之，先打招呼吧。

她怎麼會在這裡？

今天的永遠子沒有圍上圖書館的那件深青色圍裙，給人的感覺和在圖書館遇到時相當不同。

「來買東西？」

面對永遠子的提問，智久慌慌張張地點了頭。

「對啊，認識的人告訴我說這裡的餡麵筋很好吃。」
「真的嗎？那也是我最喜歡的東西呢！我的家就住在這附近，所以時常來買喔。」
永遠子說著，一邊朝著被竹葉捲著的餡麵筋伸出手。
竟然會在這種地方遇見永遠子，真是想都沒想到。
「太感謝你了！蜜琪同學！」智久在心中低聲向提供這家店資訊給自己的蜜琪道謝。
永遠子似乎只買了餡麵筋而已。
「啊，您先請！」
智久手朝店員的方向擺了擺，禮讓永遠子先離開。他結完帳後走出店門，永遠子還站在那裡。
「這段時間，讓您幫忙我找書，真的很感謝。托您的福，看來會蓋出一家不錯的咖啡廳。」
對著低頭道謝的智久，永遠子報以笑容。
「沒有的事，能夠幫到你的忙，真的是太好了。」
如同在圖書館交談的時候一樣，感覺有道看不見的牆。
她是圖書管理員，我不過是使用者而已。她對自己那麼親切，是因為那是她的工作。即使她幫忙我找書，也不代表能看見她私人的一面。

但是現在……這裡不是圖書館。她現在不是圖書管理員的身分，而是私人身分。若想知道她的想法，現在不正是問她的好時機嗎？

既然會喜歡裹著餡的餡麵筋，應該就表示：永遠子喜歡吃甜食。這樣的話……智久的腦中，浮現了永遠子造訪自己親手打造的咖啡廳的景象。

要讓想像變成現實，就只能靠現在往前邁進了。「說啊！說說看吧！」在內心深處，鼓舞著自己。

就是這麼想接下文森的咖啡廳的案子，才不惜去衝撞所長的想法。兩者是同樣的事。在工作上既然都能做得到了，那現在更是……

拿出勇氣來吧！

不拐彎抹角的正面進攻，想要知道的事情，就只能直接問了。

「那個，如果咖啡廳開張了，你願意來嗎？」

說了……我說出來了！

智久張開雙臂，在自己的臉前揮舞著。

「不是啦，就，因為受您的照顧，所以想著務必要請您來。法國甜點師傅做的蛋糕味道一級棒喔！所以，為了能夠在決定好開幕招待會的時程後知會妳，所以啊，那個，可以的話，請告訴我聯絡方式……」

由於智久拚命解釋的樣子非常奇怪，永遠子噗嗤地笑了出來。

被笑了……雙肩塌軟下來，智久被自己的後悔擊潰了。

果然不講才是對的嗎？

氣氛真糟……講了這種奇怪的話，之後去圖書館也會變得很難受。

就在因此想法而失落的時候，聽到了永遠子的聲音。

「電子郵件信箱，可以嗎？」

智久一瞬間以為自己聽錯了，然後慌慌張張地大力點頭。

「好的！啊，有沒有什麼可以寫的東西……啊，還有這個，我的名片……」智久翻開筆記本，連同自己的名片一起拿給永遠子。

永遠子字體端正，一個字母接著一個寫在記事本的書頁上。

「我也很喜歡老舊的建築。」永遠子一邊說，一邊將記事本還給智久。

「因為我很喜歡拍照，時常去一柳米來留[15]的洋房逛呢。其實，我對於真淵先生的工作，也十分有興趣。」

那聲音的某部分有種親密的感覺。

「我很期待咖啡廳的開張喔。」

「感謝妳。」

道謝之後，智久目送著永遠子漸行漸遠的背影。

15 一柳米來留：美國留日建築師，原名William Merrell Vories。一九四一年（昭和十六年）歸化日本籍，繼承貴族一柳末德子爵的姓一柳，名字則取自「自美國來日居留」之意，成為「米來留」。

第二章

契合食材

1

日落後天氣依舊悶熱，就是夏天來訪了。

那晚，文森在熟悉的法國點心店裡，結束了最後的工作。

「各位，至今為止的一切，真的非常感謝。」

換上便服之後，文森和職場的同事打招呼。

「真的要辭職了啊。」作為經營者的須磨崎里枝抬頭看向文森，無限惋惜地說。

「夫人，讓您關照了不少。」

想獨立出去卻又講不出口的那段時期，真的相當苦惱。

因為不喜歡僅止於工作場所與家重複往返的生活，所以從春天開始，週六晚上請假休息，前去料理教室上課。想學習京都傳統食材及料理方法，能夠為蛋糕的製作帶來新的刺激。

見到愛子老師的料理教室時，簡直像是見到了朝思暮想的空間。不僅老師是位宛若大和撫子[1]的女性，連積累著歲月的建築物氣氛也佳，再加上活用當季食材的數種料理都與自己的理念相近，相當令人中意。與這裡結緣，也從而萌生具體採取獨立行動的想法。

須磨崎雖然強力挽留，但最後還是轉而支持這個行動。

在這家店工作時，文森倒也沒有什麼不滿之處。只是，以受僱點心師的立場來說的話，不管是穩定地大量生產受歡迎的蛋糕，還是分擔工作、處理日常業務，都做膩了。須磨崎在京都市內經營點心舖與甜甜圈店等六家店面，其中，文森任職的店規模較大，包含臨櫃銷售員在內，員工超過十人。而文森構思出來的蛋糕配方，都會留在店裡。這樣即使自己不在了，其他人也能順利地繼續製作吧。接下來，就是要到新的場所，展開新的挑戰了。

在里昂出生的文森，因為某個偶然的契機，從很小的時候就決定要當甜點師傅，然後赴職業學校學習甜點製作，跟隨在地老店的師傅修習，到了巴黎後，也在首屈一指的餐廳擔任飯後甜點的點心師。他就是在那裡遇見須磨崎女士的。

那時有位服務生走來，說是有位顧客想與做甜點的人說說話，於是文森便在外場的客席露臉。

---

1 大和撫子：指的是內外的氣質打扮相和，無瑕地呈現出日本傳統女性美的人。

坐在窗邊桌旁的是一位亞洲樣貌的高貴夫人。穿著不華麗，是十分低調而奢華的單品，與高貴的腕表相得益彰。同席的男性則顯得十分土氣，因此沒留下什麼印象。後來才知道他就是須磨崎的祕書。

「似乎是日本人哪。」文森這樣想。受到在孩提時代看過的動畫節目影響，文森十分憧憬日本這個國家。長大成人後，也會看些谷口治郎的漫畫，或者觀賞小津安二郎與黑澤明的電影。對於日本家屋與其風味獨具的生活，以及按四季更迭分別設色的飲食文化非常心動。

我聽說了喔，這裡有個會做有趣甜點的新人，看來真是來對了。

須磨崎平易近人的笑臉，輕輕地吐露著法語，說文森的甜點是如何的優秀。

聽到這樣的稱讚，文森一則有喜，一則有疑。

在同一家店內工作的料理長，他的善妒與對工作的自豪成正比，以前也曾有過自己受讚揚，結果陷入相當麻煩的境地的狀況。

有些話我想兩個人談，請聯繫我。

遞來名片，又說得那麼悄然，文森還以為對方是在和自己調情。

但超乎想像地，須磨崎的目光並沒有什麼迷離撲朔的東西。黑色瞳孔的深處，蘊含著慣於踐踏他人的那種毫不留情的銳利，當文森意識到的時候，「好的，夫人」已經說出口了。

下一次的休假日，便與須磨崎見面了。

談到了挖角的事情。

一起來日本吧，我將待你不薄。

如果是來自其他國家的邀約，大概就會拒絕吧，但這會兒是始終抱著興趣的日本，文森當下就立了遠行的決心。

即將隻身前往異國的文森，只好果斷地與當時正在交往的戀人分手，似乎不怎麼心痛。原來是這樣啊，從視野消失的話，也會從心中消失。比起別離帶來的失落，前赴日本迎接新際遇的期待更為強烈。

在日本的生活，從住處到語言學校，全由須磨崎的祕書包辦，並沒有任何不方便。

工作上，則是為他準備了甜點主廚的主管位置。

突然將一間店的大小事全都交由他主掌，那真是破例的待遇了。

起初，店裡銷售情況低迷，進而陷入危機當中，文森一樣一樣進行修正。首先，進貨商全部換掉；水果直接由產地進貨，且親自品嘗味道，嚴格挑選後才進貨，並擺設於展示櫃中；店內所使用的水果全都甜得不自然，結果讓整個店的印象變得十分模糊。如果是酸味十足的莓果和桃子，即便拿來做水果塔，味道也不會被濃郁的鮮奶油蓋過去。此外，能夠增添光澤的果膠，只要應用得當，就能使點心閃耀亮麗的光輝。

文森親自動手後，展示櫃不止看起來不一樣，簡直煥然一新。

除了甜點師該有的才能和技術之外，還有一件事，為文森帶來決定性的優勢。他外觀亮眼，身為來自法國的甜點師又能製作道地的味道，登上各式媒體的機會變得很多。這應該也是須磨崎看上的部分吧，最後終於得以在百貨公司地下街開設分店。

文森再次環視了一次同事們的臉。

「如果發生什麼事，直接跟我說一聲，我會來支援的。」

才講完，須磨崎就噗哧地笑了出來。

「你在說什麼啊！新的店不是都要開張了，你哪有那個閒工夫呢？那句話是我們的台詞。如果你有什麼需要協助的，隨時都可以說一聲。」

這關乎獨立一事，須磨崎也曾提出要不要提供資金援助，文森當然婉拒了。畢竟好不容易才要靠一己之力來闖闖，若有經濟奧援，就顯得沒意義了。

由於同事還有工作尚未完成，為了不干擾他們為明天備料的作業，文森簡單地照會大家後就離開店裡。

「你現在要回去了嗎？」

須磨崎跟上來，並肩走著。

「要不要去喝一杯？」

「當然好啊。」

須磨崎用慣常的步速走進辦公大廈二樓的酒吧。

這是飲用葡萄酒而不是調酒的酒吧，有很充足的勃艮第葡萄酒。

首先先用香檳乾了第一杯。

「老實說吧，你的離開對這家店實在是很大的損失。」

一邊咀嚼著橄欖，須磨崎看向文森。

「很抱歉，夫人。真的是讓你關照許多，我很感謝您。」

「你知道為什麼我允許你獨立嗎？」

文森不說話，只是睜大眼睛，靜待答案。

「因為我啊，是屬於不對工作屬下出手的類型。」

認真的目光盯著文森一陣子之後，須磨崎大聲笑了出來。

「沒有啦，開玩笑的。」

用著爽朗的聲音說完後，須磨崎將香檳一飲而盡。

對於這位讓自己人生產生重大轉折的女性，文森幾乎毫無所知。不管年齡，還是有沒有戀人之類的。

在法國，有所謂「mademoiselle」這種對小姐的敬稱，但這個詞通常也蘊含著被稱呼的人還沒成熟，或者是尚未被認定能獨當一面的意思。正因為這樣，對作為前輩的須磨崎，才改以「夫人」來稱呼，但實際上，她應該還是單身。

「作為一個經營者，我當然不想將有能力的點甜師放走。但是作為一個喜歡吃甜點的人，又會很想去逛逛你開的店。」

「非常感謝，請務必來用餐。」

「是盛碟式甜點的專賣店吧，一定會引起不小的話題的。」

文森想，他的咖啡廳提供的應當是盛碟式甜點，也就是將甜點盛放在小碟子上。但並不是把蛋糕與飲料湊成一組套餐，是將小碟子當作畫布，裝盛上各式各樣的甜點後，以藝術作品般的方式呈現在客人眼前。於是，若要享用最高檔的美味，就不會是可以外帶的了。

要做外帶的話，就得嚴格規定蛋糕的形狀與使用的素材，再怎麼樣美味美觀，若外型容易崩塌就不能拿來賣。

在這點上，盛碟的甜點自由度不但很高，還能挑戰至今為止沒有過的嘗試。
「京都雖然有很多家咖啡廳，但是正規甜點店數量仍然很少。」
「你的盛盤品味，若是在沒有內用空間的店就無法活用了呢。」
「我去過幾家日本的店，都會放保冷劑，真是讓我嚇了一跳。因為外帶時間一久，味道就跑掉了啊。」
比起法國，日本的甜點包裝相當誇張。例如將蛋糕固定在可摺疊紙箱內等技術，使人瞠目結舌。紙箱內固定住一個蛋糕盒後，再放入保冷劑，最外邊還要裝一層提袋，正因為有這樣重重的保護，日本人可以很從容地拿著蛋糕在外邊移動超過一小時。
但生鮮甜點的新鮮度很重要。
香氣會隨著時間消逝。
僅僅是些微的溫差，舌面的觸感和甜度就會完全不同。就算放入再多的保冷劑，如果長時間提著到處走的話，好不容易製作出來的美味還是白費了。
正因如此，才想要開一家咖啡廳。
削除帶回家的過程所消耗的時間，讓所有的人在現場就吃掉。
「提供保冷劑是最讓人頭痛的了。」
第二杯點了口味較輕的紅酒之後，須摩崎又回到了經營者的角色。

「既然是包裝之一，也就是免費提供，若不將商品的金額上修，利潤就不會提高。也許可以考慮像購物袋那樣，消費者自行攜帶保冷盒，就給予點數這樣的方案。」

乾杯之後的短短一瞬間，須摩崎浮現了怎麼看都像情人的眼神。但現在，又立刻回復成一副摸透文森內心的樣子。

「搞半天，還是在聊工作嘛。難得在氣氛那麼好的地方，況且我們彼此也不是工作上的關係了。」

意識到的時候，這話已經從嘴邊溜了出去。

須摩崎揚起半邊眉毛，擺出了一副惡作劇的表情。

「哎呀，這樣好嗎？現在開店的準備如火如荼，根本不是談戀愛的時候吧，注意一點喔！」

看見那抹笑，文森內心浮現了一個東西。

「巧克力……」

不自覺地嘟噥了一句，須摩崎聽了微微歪頭。

「什麼？巧克力？那個確實和紅葡萄酒或香檳相當速配，可惜的是我們店內沒有哩。」

「沒有啦，只是看著你，就想製作巧克力蛋糕了。」

看著對方，聯想到蛋糕。

這對文森來說，這已經是墜入情網的證據了。

如此適合黑色的成熟女性，與巧克力蛋糕根本是天作之合。香氣馥郁，酸味與苦澀兼備，極有層次的風味。

用細緻的蛋白霜製成的蛋糕體，外邊層層裹上巧克力鮮奶油與咖啡糖漿，再以金箔裝飾，便是鮮豔的歌劇院蛋糕了。

哎呀，比起這個，摻有蘭姆酒的熔岩巧克力蛋糕如何？外表散發乾烤的焦香，但一用刀子切下去，液狀的巧克力就汩汩流融出來。若要搭配這種烤熱的巧克力熔岩蛋糕，香草冰淇淋再適合不過了。醬汁通常會用覆盆莓吧，但那樣好像又太常見了。

面對盯著自己看的文森，須摩崎倒是一臉從容的微笑。

充滿知性的女子，獨特的性感。

如此魅力十足的女性，正是甜點創作的靈感源泉。

不知不覺間，他察覺到一股玫瑰花系的香氣自須摩崎那兒飄來。

玫瑰與巧克力。

在華麗又芬馥的玫瑰水製作而成的果凍上，撒些玫瑰花瓣吧，但玫瑰花瓣並非真的，是白巧克力經精細加工而成的。

啊，好想試試看哪……

這泉湧而上的衝動，卻化作文森的一口嘆息。

我真是學不會教訓……

文森的腦中浮現一位日本女子的身影。

剛造訪日本的時候，文森在一位語言學校的日語老師身上感覺到了命運。拚命學會日文，都只是為了她。為了能用這個國家的語言表達心情，於是把握每分每秒拚命學習。

為了某天可以與她一起生活，文森的語言能力飛躍性地提升，但兩個人終於能交談的時候，比起鍾情的細語，吵架的時間還比較多，終於迎來了分手的結局。

分手的時候，那女子慌亂地大哭。還威脅如果分手，她就去死，是一段想到就讓人臉色發白的回憶。

對文森來說，燃燒激情就是一切。所謂的在一起，就是同居生活，當這樣的心情消失的時候，自然也只有分手了。但是，她卻要文森負起責任，考慮結婚的事情。在這國家，男女的交往竟有「責任」一事，文森完全無法理解。

文森從這次經驗學到了教訓。

在這個國家，愛的定義是不同的。如果抱著隨便的態度輕易出手，最後就會傷害對方。

自那以來，他都盡力迴避與日本女性交往。

「真想讓妳吃吃看我想像中的蛋糕。」

須摩崎的手自然地擱在吧台上。纖細的手腕，鈦製的奢華手表。指甲修得相當美，稍顯透明。

若將自己的手覆蓋上去，就會展開一段新的關係了吧。

但是，文森並未展開行動，反而從席間站了起來。

「開幕時我會再邀請妳。」

須摩崎對於收手的時機也很有心得。

「那我就好好期待著啦。」

面對裝作若無其事的邀約，就算進展得不順利，也不會讓人看出一絲一毫受傷的模樣。

這種洗練的態度，讓文森益發感受到她的魅力，但兩個人的距離不會再更加靠近了。

走出酒吧，與須摩崎並肩走在夜晚的道路上。

「開店，一開始最重要的是……」

須摩崎舉起手召計程車時，正色地說道。

「經營方針一旦確定，就不容動搖。即使遭遇到麻煩，若有丁點妥協，之後必定後悔。相信自己的價值觀，貫徹自己要的氣質。不這樣做，自己開店就沒有意義了。」
「嗯，我知道了。」
「祝你成功。」
須摩崎留下這句話，就坐上計程車離開了。
彷彿被人甩了似的，文森搖搖頭。
現在所有激情都奉獻給工作了，咖啡廳就是自己鍾愛的戀人。房子的改裝已經結束，接下來就等著開店了。
預備在咖啡廳推出的甜點，全都是嶄新的品項。開幕時邀請的賓客分為兩部分，一半是業界的相關人員，另一半則是親友。
接下來京都會變得愈來愈酷熱，若推出透心涼的柑橘系列冰沙甜品怎麼樣呢？但一開始可能會搞得手忙腳亂，而且還要避免使用容易融化的材料才行……
就在他一邊走一邊思考的時候，手機響了起來。
是擔任咖啡廳設計的智久。
「不好意思，這種時候還打電話吵你，你現在能說話嗎？」
「可以啊。怎麼了嗎？」
「是關於不動產的事情，有個聲稱握有合法不動產所有權的人出現了，還說想要取消契約……」

「什麼？這是怎麼一回事？」

合法不動產所有權人？取消契約？

這種時候發生這種事情……

一句青天霹靂打醒了夢中人。

「詳細的情形目前還沒有辦法確認，但看來持有不動產所有權的另有他人。」

文森的日文程度在日常對話中都不成問題，但還未能掌握讀寫，契約相關的交涉事務，都以智久為對外窗口。也因此，不動產仲介首先會聯絡的人也是智久。

「那個人親口說出想取消契約這樣嗎？」

「對，似乎是這樣沒錯。這位所有權人聲稱，除了改裝費之外，還要另行支付違約金，總而言之，就是要回到白紙一張的狀態。明天，你可以來一趟不動產仲介公司嗎？」

「我知道了，我一定會去。」

起初聽到這話只感到困惑，但電話掛掉後，文森心中升起了強烈的憤怒。

那是我的店！

我不會交給任何人的……

2

「就是這裡！」說出這句話之前，文森不斷在京都各處流連。

既然願景中的店已經有了雛形，剩下的就是尋找地點與條件符合預期的店面。

一開始試著請仲介商幫忙，但把古老町屋拿來租用的情形很少見。大部分交易完畢的不動產，就算偶爾有承租給商店的情形，也幾乎都在業者手裡進行大幅改裝。

因此要找到符合預想的店面，只能努力四處走訪了。

沒人住的町屋棄置的情形很常見。在街道上走走，只要看到中意的，就去向住附近的人打聽情報，並尋找管理該不動產的人……但就算在這種情況下找到了接近理想的店面，距離簽約也還有一大段距離。對方面露難色的原因，可以想見是基於「要把這弄成咖啡廳喔」，或者「文森是個外國人啊」等等。並不會明講，而是婉轉地回絕。

某日，文森對愛子老師抱怨尋找店面的不順遂。

兩日後，愛子老師就轉介由熟人經營的不動產仲介公司。

那個仲介商很快就找到了願意出租町屋的人。

看房子的時候，看到的是由板牆所環繞的獨棟建築。

這棟日式住宅保留了昔日的緣廊[2]，雖然少了些京都味，但擁有與期望相符的廣大庭院，且比起連棟長屋[3]更容易改裝，一眼就愛上了。

不過就算至此都順利，依過去幾次的經驗，絕不會那麼簡單就能簽約，不料進展竟然意外順利。

不管是仲介商或房東，都是愛子老師的老相熟。

「既然是小石原女士介紹的，那就沒問題了。」

搬出愛子老師的名諱時，至今的種種辛勞似乎就像不存在一般，一下子就成功租下了。

與仲介商交換名片，文森才得知一項意外的事實。

小石原家在這附近是馳名的商人，而愛子老師似乎更是其中的大人物。

這樣子的人，為什麼要在那種地方開辦料理教室呢……？

2 緣廊：指日本傳統住宅中，圍繞在起居空間外的木板廊道，上有屋簷可擋雨，且與庭院直接相通。

3 連棟長屋：將長型的木造建築以牆壁相隔，猶如板豆腐般劃分各家居住空間，相鄰的兩戶共用一壁。

和仲介商聊了幾句，才知道她在西陣[4]明明坐擁一棟華廈，數年前卻搬出來，開設料理教室的。

無論怎麼看，愛子老師的存在都是個謎。

臉上總是浮著一抹安穩的笑，站在學生們的後方一步之處，靜靜看顧著。

在那總是和煦的氛圍當中，有時文森能感受到她堅韌的核心。

多虧了愛子老師，才能邂逅這間理想的建築。

不過，決定了店面之後，仍有大問題需要解決。

這戶長年被棄置的房屋內，依舊保留著前一個住戶的雜物。文森和智久兩個人拿到鑰匙之後，檢查樑柱與地板的狀態，逐一收拾這些雜物。

對方交代可以任意處置這些數量龐大的衣服、書和信件，因此他們抱著感傷的心情，將那些全丟入垃圾袋中。

陶器和玻璃器皿也很多，撿了幾樣與咖啡廳氣質相合的留用，然後請二手雜貨店將收納櫃和衣物箱等傢俱搬走。供電已停止，冷藏櫃也空無一物，倒是床底的收納櫃中還有一瓶自製的梅酒。

似乎曾有一位年長女性獨居在此，最後需要處理的物品大約以輕卡車載個三趟就行了。

先前住在這屋內的，應該是房東一個名叫喜代的妹妹。雖然完全沒見過這位喜代女士，但在整理遺留物品的過程中，卻能一點一滴了解她是一個怎麼樣的人。一位強韌的老處女。在磨破了的和服上新縫了可愛的小口袋；廣告傳單的背面記著料理的製作方式；空瓶與紙袋都沒丟掉，全都拿來裝些小東西。從這些地方可以看見喜代女士節儉地享受著每日的時光，過著心靈富饒的生活。

在喜代女士曾經生活之處，開一家咖啡廳，想來也是一場不可思議的緣分。是這樣朝思暮想，好不容易才找到的店面的……

昨夜接到智久的電話之後，文森一直靜不下心來。

下週咖啡廳就要開幕了！

店面的改裝幾乎完成，菜單、傳單全都印刷完畢，邀請卡上也標上日期了。

但這個節骨眼，卻說要取消契約……

抵達仲介公司的時候，智久已經在那等著了。

「阿智，到底發生什麼事？」

---

4 西陣：京都市上京區過渡到北區中間的地域，通稱為西陣，但現今並沒有「西陣」此一行政區塊。當地亦為著名的西陣織的發祥地。

「抱歉，這狀況，簡直就像刑場……」

看樣子智久似乎一夜未眠，整張臉憔悴極了。

負責訂立契約的不動產仲介商就站在旁邊，福態的軀體現在也駝著背萎縮下來。

「唉，事情變成這樣，真的非常抱歉！」

「無論如何，先說明一下狀況吧。」

文森坐下來，智久就打開記事本，開始說明。

「那間町屋，最初是房東為弟弟與他妻子準備的新居，以弟弟的名義購置的。」

智久的記事本當中，畫著類似族譜的東西。

「這對夫婦生了小孩後不久，就搬到其他地方去了。然後，那位始終單身，與房東的年紀相差一截的妹妹便搬過來住。」

「就是喜代女士，對吧？」

文森問完，智久點了點頭，在記事本上將那名字圈了起來。

「接下來的三十年，町屋都是那位妹妹住著。實際上購買的是房東，住著的是他妹妹喜代，但這棟町屋的所有權仍在其弟夫婦手上。既是他們家族間的事，也不好隨便去變更不動產的名義吧。」

「真複雜哪……」

人物關係很複雜，文森聽完說明還是感到很混亂。
就因為事情如此錯綜，這才惹出問題的吧。
「房東的弟弟和弟媳婦都已亡故，但還有一個兒子在，也就是房東的外甥。」
智久亮出刻有吉川這個名字的印章，一邊繼續說明。
「這對夫妻的兒子，雖然姓吉川，但在法律上是町屋產權的繼承人。吉川繼承遺產之後，喜代女士還是一如往常地住在那裡。兩年前喜代女士亡故，那間町屋雖然就此變成空屋，但……」
「現在這位叫做吉川的人，跑出來主張自己的權利了是嗎？」
「是的，就是這樣。」
與房東年紀差一截的妹妹，喜代女士。
然後是，房東弟夫婦的獨生子，吉川。
住在町屋的是喜代小姐，但是正式的法定繼承人是吉川，就是這麼一回事。
「若是這樣，那只要將房租交給那個叫吉川的人就可以了，不是嗎？」
智久面有難色，與仲介商面面相覷。
接著就換仲介商開口了。
「其實是因為那位外甥一直都不知道這次的事，一看到家裡動工，整個火都冒起來了……房東也很過意不去。那傢伙早應該在動工之前，就出聲拒絕才是啊。但房東似乎是想說，外甥住在那個房子的時候，還根本是小娃兒一個，向來也沒特別關心過。就算是喜代女士死後，也應該出個聲才是，但那外甥大人，根本也是放著那町屋不管的嘛。但這樣一來，不能不為稅的事情想辦法，房東想了想，覺得租出去比較好的啊……」

智久一邊點點頭，一邊便以低沉的聲音接著說：

「就因為這樣，所以房東那邊是覺得不要給外甥添麻煩，所以才說，這次就當作沒這回事情。」

「怎麼可以這樣就算了呢！」

文森雖然十分激動，但也很快就恢復了冷靜。

「下週就要開幕了。難道無論如何都無法說服那個叫吉川的人嗎？」

智久面露難色。

「我曾經拜託房東給我對方的聯絡方式，然後打了一次電話過去，但對方相當冷淡，一句話都不肯聽。」

「再打一次，我直接和他說明看看，把號碼給我。」

文森火速將手機取了出來，但智久看了仲介商一眼。

仲介商緩緩地搖搖頭。

「唉，事已至此，看樣子是沒法說服對方的了。」

仲介商一副不關己事的口吻。

「我只是想再確認一次……真的很抱歉。」

智久手上已經沒招，顯得垂頭喪氣，但文森可沒辦法接受這結果。

「那到底要怎麼辦才好？難道只能放棄了嗎？」

「這個嘛，也只好想作是緣分沒到了……」

聽到仲介商用曖昧的笑臉說出這種話，文森握緊了拳頭。

「阿智你呢？你怎麼想的？」

智久抬起頭，一臉相當抱歉的表情。

「我並不想放棄。畢竟都已經接近完成階段了……我也曾經試著和所長談過，其實這次的問題並不僅在契約本身，從商業角度來考量，其實在法律上我們這邊其實勝算很高。但這件事與其說還有感情的成分在，不如說是他們的家族內的事……」

「既然這樣，也只能試著正面迎擊了。快把聯絡方式告訴我！」

面對要硬上的文森，智久只能退讓。

仲介商也擺出一副敗給他了的眼神，什麼都沒說。

文森一拿到電話號碼，火速地打了個電話給那個叫吉川的人。

「喂，您好，我是在不動產的簽約上受您照顧良多的文森。不曉得您現在是否有空呢？」

「什麼啊，這麼突然……我應該已經把要說的話請仲介商轉達了啊。」

話筒那頭傳來顯然十分不高興的男性聲音。

「因為想要直接和您溝通，才撥了電話。關於咖啡廳的事，為什麼您想要取消契約呢？」

「這還需要問嗎！在什麼都不知情的狀況下，就對生我育我的家動手動腳的。庭院也變得亂七八糟的，為什麼把那棵梅花樹給砍了呢？遺物也是，竟然全都丟掉。簡直就是胡來嘛……」

吉川低沉的語調中充滿了憤恨。

而文森拚命地想要澄清。

「但那絕非胡來，而是要使無法使用的建築物再生。要是那樣放著不管，只會繼續對建築本身造成傷害而已不是嗎？如果你有不滿意的地方，我們可以進行改善……」

「不管怎樣，沒有商量的餘地。我們會將你們所花的費用，全數退還，我不准任何人去使用那個家。我已經決定要整個更新了！」

「這，這太浪費了！」

竟然說要把那個建築物破壞掉，真是令人不敢置信。

「你們到現在總共花了多少錢，都跟仲介商說。你們說多少我就付多少。就這樣，不說啦。以後就當沒這件事！」

「等等！我還有話想……」

對方直接將電話掛斷了。

仲介商瞅了文森一眼，聳了聳肩膀。

「所以我不是就說了嘛！根本沒用的啦，放棄吧。」

這句話似乎也包含著給他找了麻煩的意涵。

再一次給吉川打的電話，帶來了反效果。

這個國家的人，是不溝通的。

聽取彼此的意見，進行謀合，取得雙方都滿意的方法，看來行不通。

這也是文森在尋找店面時感到痛心之處。

文森看著自己的手機，腦中浮現了那個將自己帶到這個國家的人。

可以的話，真不想外求他人。

但是，那個人，應該經驗過不少類似的麻煩。

「恕我離開一下。」

文森從座位上起身，打了通電話給須摩崎。

事情才剛交代完，須摩崎就捎來一句有力的回應。

「交給我吧，我會給你介紹一位好律師。」

「要打官司……嗎？」

「是啊，在法律上，債務人的權利受到相當大的保障。如果雙方都蓋章簽字，交換契約了，那打官司的勝算就很高。」

「真的嗎？」

「當然麻煩之處是要花點時間，因此開幕的日期，只能順延了。」

「那也是沒辦法的事，我知道了。」

文森大大地點了個頭，掛斷電話。

「阿智，我是絕對不會放棄的！」

將那家店重歸白紙一張，然後再去找新的，這種事我做不到。

而且，店名都取好了。

就算已經著手改裝，若尚未決定店名的話，或許就不會固執到這種地步也說不定。

一旦取了名字，就表示不再考慮其他地方了。

「恩，讓我們守住『喬潔』吧」。

智久的表情又明朗起來，說出了咖啡廳的名字。

喬潔。

一聽到這個名字，文森內心深處湧起了又酸又甜的滋味。

咖啡廳的名字，是在與智久的談話過程中決定的。

文森在計畫開一家自己的店時，聽到智久為了喜歡的女性才跑來上料理教室的事情。

對於智久來說可是初戀，這件事衝擊了文森。

以此為契機，文森想起了幾十年前的回憶。

自己初次喜歡上的女孩子……

她就是一向精神充沛，深受大家愛戴的喬潔老師。

第一年上幼稚園時，討厭到幾乎無法忍受的地步，但是，等到第二年遇見擔任導師的喬潔老師時，整個世界就變了。

原來這世界上，還有比媽媽更美的女性啊……

喬潔老師不僅一心一意地陪自己玩，寂寞的時候也會投以溫柔的關懷。自己被緊擁著的時候，彷彿嗅到花園的芬芳。

因為樂於見到喬潔老師，上幼稚園變成了十分愉快的事。

文森第一次做甜點，就是為了喬潔老師。

到底要送給最喜歡的喬潔老師什麼東西呢？想來想去，決定要做瑪德蓮蛋糕。

飄散著醉人的甜香，閃耀黃金色光輝的瑪德蓮蛋糕，與喬潔老師真是無比契合。

一邊問媽媽作法，一邊打蛋、篩麵粉、融化奶油，攪拌麵糊，倒入貝殼模型，最後站在烤箱前面緊張地期待著。

那是在幼稚園的最後一天。

將用滿滿心意來烘焙的瑪德蓮蛋糕交給對方，傳達自己的感情。

喬潔老師，我愛妳。喬潔老師的笑，比太陽還燦爛。說再見實在太悲傷了。我只想與妳在一起，請當我的新娘吧……

喬潔老師收到瑪德蓮蛋糕時，驚訝得雙目圓睜，臉上洋溢著喜悅。

哇！文森，這是你做的嗎？好棒喔，我好高興！

微笑著說這些話的喬潔老師，淚光閃閃。

收下了我初次做的甜點，並為此歡喜的喬潔老師。

原來甜點，具有為人帶來幸福的力量啊……

那時引以為傲的心情，應該就是以甜點師傅為職志的起點了。

即使結婚的夢想並未實現，喬潔老師看見瑪德蓮蛋糕時浮現的笑容，至今都還在記憶中閃耀。

純粹，又閃閃發亮得炫目。

好像背上長了翅膀飛起來似的，每天早上，都抱著漂浮般的心情前往幼稚園……

我希望能把心中這份滿志的情緒，帶給來咖啡廳光臨的客人。

所以將最重要的名字，拿來用作店名。

我才不會輸給這種難關。

我絕對要在那個地方開咖啡廳……

文森緊閉雙眼，再次下定決心。

3

「把初戀的人名取作店名，真像男人會做的事呢。」

須摩崎得知店名的由來後，饒有興味地笑了。

在那之後，須摩崎介紹一位有點年紀的律師給文森認識，商討日後的對策。

律師回去後，文森打聽了一些他辭職之後店裡發生的事情，包括新進人員等。

閒談中，文森提到喬潔老師時，須摩崎用鼻子發出了笑聲。

「是這樣嗎？女生不會這樣做嗎？」

「我的話是絕對不會這樣做的。」

須摩崎坐在真皮製成的搖椅上說。

「不管是初戀，還是第二次、第三次的戀情，彼此之間並無差別。分手了之後，都是一樣的。」

斬釘截鐵地下此斷言，足見其瀟灑之處。

「說起來，要經營生意，店名最重要的是提出訴求。至於要不要放入自己的回憶倒是其次了。讓客人容易記住、容易理解，進而明確傳達店的概念，才是最重要的。」

從經營的觀點來看，確實正確。事實上，須摩崎開的店，每一家都能掌握需求，確實提升盈利。當甜點店因為競爭對手出現營業額低迷時，就物色一位法籍甜點師，策劃東山再起之計。

「這份工作做久了，就會有各種事情發生喔。例如附近就有一家店，店名與我的店完全一樣，甜點設計也十分接近。而且還率先去將招牌起士蛋糕登記為他們的商標。對方擺明就是食髓知味，打著付一筆和解金就了事的算盤，但後來我們可是徹徹底底地打了場官司呢。」

須摩崎說這段話的時候，雙眼閃耀著生動的光彩。

真是一位和深思熟慮的表情相合的女子。

「那時還年輕，一味地意氣用事了呢！如果冷靜地思考過，就會發現和解還是便宜多了。但你不覺得不可原諒嗎？我們可是花時間計算成本，做了市調才建立起一套戰略的呢！開店，品味就是一切。我們店的理念，就這樣給什麼都不做，以卑鄙的手段將成果整盤端走的對手偷走，這絕對要阻止的嘛！」

「妳真的好喜歡工作啊。」

文森有感而發地說。

須摩崎完全不會做甜點。

不是以自己的手製作甜點，而是作為一個經營者，苦思如何籌措資金和經營店鋪，文森一點都不覺得有趣，但須摩崎則以此為樂。

須摩崎擺出了不置可否的笑意。

「真的，不管是睡是醒，都在想工作的事。你不也是這樣嗎？不管何時，都在構思著甜點的作法。」

正因如此，才會常惹女人嫌。

文森總是著迷於情人美麗的雙眼、聲音與微笑，並想著如何把這種魅力用甜點表現出來。

「即便如此，你也找到了這麼一家店面呢。」

須摩崎翻閱著手上的資料，一邊說。

「都托你的介紹之福啊。」

「沒想到這是陷阱，只能說不動產仲介押錯寶了吧。」

文森一想到這件事，心情就沉重起來。

「改裝都完成了吧？」

「是啊，原本就只剩開幕了。」

「試用過廚房了嗎？還有沒有缺少的東西？設計店鋪，動線是最重要的。我曾看過一次，將咖啡廳的設計丟給一位沒有設計過餐飲業店鋪的建築師，結果慘不忍睹。由於太專注於設計，看不到前景，可是會造成服務死角的喔。」

「這點不成問題。工作人員已經進去確實確認過了。」

智久在廚房設備的安排上，聽取了許多前輩們的建議，也去許多同業的店見習，做了很多功課，短時間內就吸收了許多專業知識。

智久十分能掌握文森理想上欲呈現的空間氛圍。愛子老師料理教室所在的長屋有一種風尚，時常造訪該處的智久，比誰都了解流竄其中的氣氛。

「但若是有經驗的建築師，便能夠介入你和不動產仲介商之間，使交涉變得更順利才對。若那孩子只是聽從你的話，好像靠不太住吧？」

「阿智已經做得很好了。」

文森是在庇護他嗎？須磨崎臉色正經，雙手環抱胸前。

「避開沒有經驗的新人，找些真正知道店鋪設計怎麼做的建築師不是更好嗎？我可以介紹好幾位給你呢！」

「但是，如果大家都這樣想的話，什麼時候才能培育年輕人呢？」

文森輕輕聳了肩膀說道。

「誰都有第一次接工作的時候。如果不累積經驗，就不會成長。如果不給年輕人多一點機會的話……」

「說是這樣說，但把工作交給完全沒有實際經驗的新人，風險還是太高了吧？現在不就是把大家都捲到麻煩裡頭去了。」

「那不是阿智的錯。」

文森大力地搖搖頭。

「你為我擔心，我很高興，但這樣的改裝我已經很滿意了。」

對於將工作委託給智久，文森一點都不後悔。面對要求，智久的回應遠高於文森的期待。

只是在完全意想不到的地方出了問題……

「那就好啦，其實是因為你獨立出去讓我覺得很沒意思，不小心說了些沒打好心眼的話，你可別在意。」

須磨崎說了些看似玩笑的話後，瞄了一眼時鐘起身。

「你等一下還有什麼事嗎？」

「我要去料理教室。」

「啊，你有說過你還在學。但以你的程度，應該是當老師的一方吧？」

「讓別人指導，也是很好的刺激啊。」

「這樣啊，那我就不打擾了。下次再一起喝一杯吧！」

送走須磨崎之後，文森也離開了事務所。

＊＊＊

拉開料理教室的紙門，發現其他的學生都已經到齊了。

智久不發一語，將頭低了下來。先前有聽說今天是和律師洽談的日子，不過現在這場合似乎不適合提這個，因此什麼都沒問。

「不好意思，遲到了。」

文森回避那件事，趕忙洗了手，把圍裙綁起來。

「不要緊的，畢竟時間還沒到嘛。」

蜜琪看了一下柱子上的鐘，靈巧地微笑一下。

「我們好像都稍微早到了一點。」

今天的蜜琪將頭髮綁了起來，半透明的薄襯衫外，一樣穿著那件裝飾著蕾絲的圍裙。

不管怎麼看，蜜琪就是一位女性，聲音也著實可愛。但第一次遇到的瞬間，文森就猜想，這應該是男生吧。此時從蜜琪身上飄來女性特有的一種甜香。

肌膚細緻，作為男生卻擁有姣好的身材，舉手投足與嫻淑的神情一點不自然都沒有，只是氣味還是有點差異。

如果他是擦了香水的話，或許是想掩飾什麼。不過，在料理教室這種場合，比起瀟灑，舉止得宜恐怕更為重要，對於蜜琪的用心，文森很有好感。

不管怎樣，對上那雙美麗的眼睛，還是讓文森感到十分愉快。

「剛剛我們才在聊佐伯先生和他老婆第一次見面的情景呢！」

蜜琪為了讓文森跟上他們的談話，如此說明。

「沒什麼有趣的啦，只不過是相親而已。」

佐伯一臉不自在地說，蜜琪雙手交叉胸前，顯得十分熱中。

「相親這詞，聽起來十分美好呢。我還滿憧憬的。」

「因為是上司介紹的，想拒絕也拒絕不了啊！」

「如果要由自己挑選結婚的伴侶，那真的是超難的事。所以乾脆讓第三者來強迫自己，應該也有好的一面呢！愛子老師也是相親結婚的嗎？」

蜜琪問完，正在準備食材的愛子老師點了點頭。

「對啊，和一個在丹後長大，幾乎沒有碰過面的人結緣，就這樣嫁了。」

「丹後是？」

文森問，愛子老師回答道：

「是京都府最北的地方。充滿大自然的氣息，水清澈，出產的米品質也很好。濱臨日本海，所以海產很豐富。同樣是京都，但那邊完全不同，一開始我也相當不適應呢。」

愛子老師說完將視線移到手上的小黃瓜。

與其說相親結婚，不如說找一個可以繼承西陣大宅的人吧。

文森想起從不動產仲介那兒聽到的消息。

從那間大宅搬出來，開設了這間料理教室的嗎……？

「對了，我也是結婚才知道的，這邊的人哪，到七月就不吃小黃瓜了。」

「什麼？京都的人，七月是不吃小黃瓜的嗎？」

當蜜琪覺得自己聽到了不可思議的消息而反問時，近旁的智久開口說道：

「啊，這件事我有聽說過。據說是因為八坂神社的標誌，看起來就像小黃瓜橫切的斷面，因此為了祈求祇園祭圓滿落幕，把此事當作一種祈福。」

「八坂神社的標誌？應該不是吧……那個是神紋哪。」

「佐伯先生，你真清楚呢！」

蜜琪用崇拜的眼神盯著佐伯看。

「唉，其實是工作上知道的。但現在已經不是八坂神社的信徒，所以也就沒有很在意了。」

「說到小黃瓜，法國也有呢，只是比日本的大很多，直接蘸鮮奶油吃。」

「嗄？小黃瓜蘸鮮奶油？」

看著蜜琪的反應，文森微笑道：

「不是甜點那種發泡奶油。將橄欖油攪入光滑的鮮奶油後，拌在剝皮並瀝乾水分的黃瓜上，撒些胡椒鹽調味，就像沙拉那樣，和烤肉非常搭喔。」

「哦，這樣聽起來，好像非常好吃呢！」

被說服的蜜琪點了點頭。

「我有一瞬間還覺得完全不搭呢，但就連馬鈴薯冷湯這種東西都有了，因此在料理中使用鮮奶油似乎也並不奇怪呢。」

「契合食材，是很深奧的喔。」

蜜琪聽到愛子老師的話，將頭歪向一側。

「契合食材是什麼啊？」

「所謂契合食材，就是透過食材的組合，選出能夠提煉出彼此味道的料理。例如，作為海產的沙丁雛魚，與作為山產的山椒彼此契合，成了山椒炒沙丁魚。同樣的，乾醃真鱈和蝦芋、鯡魚和茄子……」

愛子老師猶如遙望遠處似地娓娓道來：

「同季節內的食材也同樣有契合的。冬季將盡時的筍，與此時剛剛登場的海帶芽搭配，就成了若竹煮，是一道能讓人感到季節遞嬗的料理。此外，名殘鱧[5]和早生松茸[6]的組合，無疑地也是契合料理。」

「鱧和松茸，好奢華啊。」

文森咕嘟地吞了一口唾液。

「說到松茸，這種蕈類的魅力絲毫不輸給松露呢！我也曾經吃過海鰻天婦羅，那是一種白肉魚對吧？將這兩種食材組合起來，確實相當優秀呢！」

文森僅只是想像著那味道，神情就恍惚起來。

---

5 名殘鱧：「名残」此漢字在日本料理中多指食材被用來製作料理的時間點，位在其出現季節的尾端，甚至是次一季的開始。日本漢字的「鱧」指的是海鰻，這種海產在夏季出現，最肥美的時節則在夏天將盡，秋天初到的短短幾天內。這時的海鰻，在日本料理中特稱為「名殘鱧」。

6 早生松茸：與「名残」相對，這邊的早生（原文為「走り」）指的是較當季稍早的時節。松茸本是秋季食材，「早生松茸」意即在夏末秋初時採收到的松茸。

「是啊，真的是教人難忘的味道。」

愛子老師緬懷著什麼似的瞇著眼睛說。

「彼此契合卻無法相會的兩樣食材，在它們見面的一瞬間，迸發出了奇蹟般的味道！」

「契合食材，說起來，也是緣分的一種吧。」

文森被這句話深深打動。

「彼此有緣而邂逅的食材，被各自的美味互相吸引，從而發揮出嶄新的魅力。契合食材，真是個很好的詞彙呢！」

「法國甜點師傅和京都料理結識，也是緣分呢！」

愛子老師微笑著對文森說。

「那麼，我們差不多該開始了吧。」

文森等人起身往廚房流理台移動。

「今天要將小黃瓜與鱧魚皮拌過後，加醋醃製。這鱧魚皮，是去除做成魚板的魚肉後，經過酒、醬油與糖的炊煮拿來賣的，請記得要買這種的。沒有鱧魚皮的話，用鰻魚也可以。接下來這個季節，醋的酸味有助於紓解疲勞。」

流理台有兩組，因此便兩人一組，進行作業。

文森和智久使用同一張流理台。

「首先，由我來示範鯧魚的西京燒吧。當一個人開始鋪開味噌醬時，另一個人請準備製作毛豆飯。」

鯧魚已經剖開切成肉塊了。

雖然文森已將菜刀使得相當純熟，對於處理魚肉還是很不拿手。為此他鬆了口氣。

「我來準備毛豆飯，文森，味噌就拜託你了。」

智久將手伸向鍋子，文森則將鯧魚肉放到鋪開的味噌上頭。

「在味噌中加點酒和味醂吧。今天我想就醃三十分鐘，不過這味噌醬床可以在冷凍庫中放一週左右。放久一點，使之熟成，味道就會醃得更透。你們可以嘗試各種作法，直到找到各自喜歡的醃漬時間。」

「這樣說起來，先前我曾試過拿和菓子來蘸味噌吃。」

文森一邊攪拌味噌，一邊喃喃自語。

「在和菓子中加入牛蒡的話，味道好得嚇死人！」

「那就是正月時吃的菱葩餅[7]呢！」

---

7 菱葩餅：日本正月時吃的一種和菓子，日本平安時代為固齒儀式製作的食物，經數度改良與簡化，成為現今一種用甜糯米以半月的形狀，裹住牛蒡絲和白味噌的日式甜品。

愛子老師一說，文森五味雜陳地點頭。

「我已經下了不少工夫去認識和菓子之美，但對於牛蒡，還是沒能理解。」

軟韌富彈性的扁平麻糬中，裹著甘甜的白味噌餡，到這邊都不錯，但多添了那個有點泥臭，口感又差的牛蒡，根本是搗亂味覺的表現。

但是，京都的人似乎都很喜歡吃那個。

由此得到了一個經驗：和菓子一定還有什麼超過我認識的部分。

「在和菓子中加入牛蒡嗎？是怎樣的味道啊，不太容易想像呢。」

蜜琪一邊將鹽拌入毛豆，歪著頭說。

一旁正將鯧魚肉放到味噌醬床上的佐伯這時開口了。

「使用味噌的和菓子，還有一種叫『松風』的！」

「松風？那是怎樣的和菓子啊？」

面對歪著頭蜜琪，佐伯回答道：

「什麼，你不知道嗎？是一種類似長崎蛋糕的東西啊。下次買一個來給你吃吃。」

「不用啦，這種事我問店員，自己買就可以了。」

即使大家一直在閒聊，手上的動作也絲毫沒有停下。

愛子老師在一一確認大家的步驟都有到位之後，點了點頭。

「西京味噌和甘酒[8]一樣，都是米麴[9]發酵製成的，和日式點心十分相搭。沒有白味噌的時候，也可以將黃豆味噌與甘酒混勻，當作味噌醬床使用。」

「甘酒嗎？甘酒真是一種美妙的食材啊！透過發酵引出甜味，簡直就像貴腐酒[10]似的。」

「對了！用甘酒來做法式焦糖布丁怎麼樣呢？這應該也算契合食材吧！」

「聽起來好好吃喔！說到這個，文森先生，你的咖啡廳還沒開張嗎？好想早點去喔。」

面對蜜琪別無居心的提問，文森只能報以苦笑。

「發生了一點問題，所以開幕得延期了。」

「原來是這樣啊，真辛苦呢！」

雖然實際上的狀況和辛苦有點不一樣，但自己現在也無法做些什麼，文森對此不置可否。

---

8 甘酒：漢字或作「醴」，是一種將煮熟的白米和水後，加入米麴進行發酵的飲品，昔日多用於祭神。

9 米麴：蒸熟的米加上麴種發酵而成，為多種日式釀造食品（如清酒、甘酒等）的原料之一。

10 貴腐酒：匈牙利文為Tokaji，甜酒的一種，是用感染了貴腐菌的葡萄釀造而成的。

交給律師後，也只能靜待結果了……

接下來要製作的，是用茄子、番茄與萬願寺辣椒燉煮的高湯。

先前燙熟毛豆的熱水，現在拿來燙番茄，並且將皮剝掉。

智久正把煮熟的毛豆脫莢時，文森就切菜。

泡過昆布與柴魚片的水，加入醬油後，將蔬菜放進去。先將茄子與萬願寺辣椒丟進去煮，等到水滾開之後，再把剝皮番茄丟進去，最後以葛根粉勾芡，就能起鍋了。

「別把煮好的高湯立刻放到冷藏庫中，必須等它慢慢冷卻，味道才會出來而變得更加美味喔。」

文森把燉煮高湯從爐上移下之後，智久就將平底鍋放上去熱油，準備開始煎鯧魚。

「今天雖然是用平底鍋煎，但各位在家也能用小烤箱，我建議鋪好鋁箔紙再烤，烤盤才不會愈來愈髒。接著，白飯煮好之後，把毛豆倒進去輕輕拌勻。」

文森切小黃瓜時，一旁的智久將鯧魚翻面。味噌的焦香刺激著食欲，文森骨碌地吞了口口水。

毛豆拌飯準備好之後，按照愛子老師的食譜，開始製作甘醋。

將薄敷一層鹽的小黃瓜用手緊握幾次，與鱧魚皮一同加甘醋攪拌。

這時西京烤魚也已經熟了，時機恰到好處。

四個人各自拿了自己的餐具，將烹飪完成的料理裝盤後，到餐桌邊坐好。

「對不起！我烤焦了！」

西京烤魚的邊緣有點碳化而顯出墨黑色。

對於智久的道歉，文森搖了搖頭。

「沒這回事，這種程度的燒焦正好讓香氣更盛呢！」

「其實蘸上味噌烤的話，無論如何都是會焦的喔。如果不想讓味噌沾在食材上，也可以用曝曬法，或者是隔一層紗布醃漬，但因為今天時間很短，才直接這樣醃漬的。」

一邊聽著愛子老師的說明，佐伯將筷子伸向西京烤魚。

「嘗起來，似乎醃個一晚比較好。如果再入味一點，就很下酒了！」

「今天製作的味噌醬床還可以再用個兩三次。因此帶回去後，就能在家自己醃了。」

「愛子老師，還有什麼可以用這個來醃的呢？」

蜜琪將記事本拿在手上，提了個問題。

「豬肉和雞肉，豆腐也不錯喔。若是蔬菜類，黃瓜、胡蘿蔔、牛蒡和日本薯蕷等等，可以用來做醬菜的蔬菜，大抵上都能用味噌醃漬。」

燉煮高湯的滋味十分清甜，醋拌小黃瓜鱧魚皮也適合用來當開胃菜。

為白飯增豔的毛豆顯出可人的綠，文森則細細咀嚼著飯的美味。

「那，我想要接下去聊剛剛的話題！愛子老師在相親結婚後，是搬到這裡和家族同住嗎？」

蜜琪興致勃勃地追問。

「婆媳問題，應該很麻煩吧？」

「其實婆婆相當照顧我呢。畢竟我是個在鄉下長大，沒見過什麼世面的新嫁娘嘛。」

愛子老師說到這邊，咯咯地笑了起來。

「像做菜啊，對方根本是從零開始教我呢！一開始的時候偶爾還會哭喔。為了讓對方認同自己，每天就靠『忍』這個字一路撐過來呢！」

「以前的人真是了不起啊，就算是和討厭的人在同一個屋簷下過日子，也能忍受得住。」

愛子老師看著皺起眉頭的蜜琪，臉上浮現安詳的微笑。

「要是還沒吃就要嫌的話，一開始我也不會答應要與對方家人同住。」

愛子老師一邊說，接連地看著每個學生。

「就算不喜歡吃，但是在每次吃一些的過程中，應該也會漸漸察覺美味的地方吧。面對很難相處的人，幾次見面慢慢習慣之後，也會找到對方的優點的。」

聽著愛子老師的話，文森想起了那個叫做吉川的人。

「啊，是啊，正如愛子老師所說……」

文森到現在還沒與吉川面對面交談過。

對方壓根兒不知道文森是怎麼樣的人，也從未吃過文森做的料理。

這件事在內心一直是個疙瘩。

這樣下去，真的好嗎……？

聽從須磨崎的建議，找了律師，訴諸爭訟。

在還沒看到對方的臉之前就打官司。

就算官司贏了，我會打從心底感到高興嗎？

答案當然是「不會」。

自己是為了所有的人能夠綻開笑容才想開咖啡廳的。一間能讓大家吃得開心、坐得舒服，悠閒打發時光的店……

如果有想要反對這件事的人，那麼，一定有什麼行動是非得採取不可的。

「阿智，有件事我想拜託你。」

文森抬起頭，一臉正經地說。

「什麼事？」

智久轉向文森，正襟危坐。

「我想見見吉川先生，不見不行。我們再聯絡他一次吧，一個小時也好，三十分鐘也好，用直接面對面的機會，看能否說服對方？」

「但是，那個……」

太困難了，智久正想這麼說，文森繼續接著：

「我不打官司了。」

「啊？真的嗎？」

「我想要直接見見本人，這是最後一次了。我想邀請他來咖啡廳，吃一下我做的東西。」

對於文森所說的，智久似乎可以理解。

「知道了，我試試看。」

智久有力地點頭答應。

我可是甜點師傅。

我要用我自己的方法完成工作。

下定這個決心，文森一口咬下酸溜溜的小黃瓜。

4

那天，文森在「喬潔」迎接他的第一個客人。

智久完成他的任務，說服了產權所有人吉川。

接下來，就是文森的工作了。

「歡迎光臨，我們已恭候多時。」

格狀紙門被推開，一位男子走了進來。

是位四十歲上下，清瘦且神經質的男子。一般說來，這樣子的人幾乎不會一個人去咖啡廳。

「是吉川先生吧？今日您移駕敝店，十分感謝。」

文森將他帶到位子上，吉川只是用下巴微微點了頭，就沉默地坐了下來。

吉川骨碌地轉動著一對眼珠，左右觀察店內的裝潢後，浮現出相當不愉快的表情。

「室內裝潢做了不少，但都是為了活絡木材等原有的建材。」

文森說著，也看了店內一圈。

改裝時，文森和智久討論再三，決定將所有榻榻米移除，放置桌椅。

「榻榻米要怎麼辦呢？這件事我與建築師討論了幾次。如果要活用町屋的氣氛，那麼使用榻榻米也是不錯的想法。但畢竟是要開咖啡廳，最後還是變成了你所見的這樣。」

文森想要開的咖啡廳，是與日常生活大相逕庭的休閒空間。並非讓人像待在家的舒適，反而想要提供適當的緊張感，因此不讓客人脫鞋。

室內沉靜的氣氛在智久的設計下搖身一變。開放式廚房，讓人在視覺上享受甜點製作到裝盤的過程，就算是沒有其他客人的狀況，整個空間依舊充滿活力。對吉川來說，這裡硬生生變成了餐飲店，眼前的都被桌椅給占據了，絕不是一件讓人高興的事。

「庭院的部分，我希望有露台上的座位，因此建築師在這裡下足了工夫。這件事可能會對你的回憶造成一些傷害也不一定，但……」

文森察覺吉川的視線往庭院的方向移動。

改裝成咖啡廳的過程，莫過於庭院的部分改變最大。

原本是由乾枯的梅花與山茶花構成的寂寥庭院，現在變成種著橄欖樹、金合歡、薄荷與迷迭香等香草生機盎然的地方，充滿了南法的明朗氣氛。

他在這個地方度過的歲月，應該只有小時候幾年而已。住在這裡的喜代女士過世後似乎也沒使用此處。實際上，就是放任喜代女士的遺物堆放，毫無收拾之意。

雖然如此，卻突然主張擁有所有權，到底是為什麼呢……？

見到吉川之前，文森一直反覆思考這個問題。

吉川則一直面無表情地盯著庭院看。

「與其聽我在這兒廢話，不如讓我們嘗點味道吧。」

文森說完走向廚房，進行最後的準備工作。

從烤箱端出的法式烤布蕾，用噴槍將上方的糖烤至焦褐色。

在烤布蕾的旁邊放上一球雪酪，最後為了增添色彩，撒上些許裝飾用的巧克力豆。

溫熱的烤布蕾搭配冰涼的雪酪，這種盛碟式的甜點，要在店內食用才行。而且那些立體的纖細裝飾，是外帶的商店無法做到的展演。

雖然已經募集了一些服務生在咖啡廳開幕後幫忙，但今天主要是由文森本人將製作好的甜點端到客人面前。

「這是今天的特製甜點。」

一枚點心碟上，有焦糖烤布蕾、雪酪，與淋上雙色醬汁的沙瓦蘭蛋糕，擺盤極具藝術美感。

吉川表情並未出現什麼變化，只是用手拿起銀製湯匙。

他首先舀了一匙雪酪放到嘴裡。

下個瞬間，湯匙停在空中，吉川雙目圓睜。

「這個味道……難道是，梅酒嗎？」

「是的，沒有錯。」

文森微微地點頭回答。

「梅酒是喜代女士自己釀的。經過了不少年，但品嚐之後發現味道相當不錯，覺得丟掉十分可惜，就拿來用用看了。」

言下之意是在說吉川於喜代女士死後，連她的住處都從未造訪。

這件事上，房東認為是吉川對於自己繼承的町屋絲毫不關心，但事實應該相反。

「這個家誰都不可以用」這句話的意思其實是……

喜代女士所住的這戶町屋，對於吉川來說，恐怕是非常特別的場所吧。

由於思念實在太強烈了，反而讓吉川連接近這町屋都沒辦法。

因此，一得知這裡要變成咖啡廳，害怕關於喜代女士的回憶都要就此消逝，才那麼頑固地反對……

文森察覺此事，決定使用喜代女士遺留的梅酒製作今天的甜點。

「是嗎？原來留下了梅酒啊。」

吉川一口又一口吃著雪酪。

接著他注意到在雪酪之下，有一些白色、圓圓小小的煎餅，他用手挑了一顆起來。

「這是……？」

是煎餅，卻不是堅燒煎餅，是類似麩燒煎餅的上等貨。

「這煎餅來自喜代女士的愛店。整理雜物的時候，發現好多印有該店店名的罐子。」

喜代女士用來裝小東西的空罐上的店名，引起了文森的興趣。

整理完雜物之後，依照罐上的店名，特地去了一趟煎餅店。從那裡得知先前住在町屋的喜代女士，是個嗜吃這種煎餅的好人。真是愉快極了。

「啊，我認識，我和她很熟呢……」

在麩燒煎餅的一側，薄薄地塗上蜂蜜。恰到好處的鹹味，與滋味在心頭的甜。除了口感清脆外，含在嘴中就會在舌面漸次溶解，煙消雲散。

原本想著雪酪與特製的香草馬卡龍應該十分契合，但心血來潮用了煎餅來搭配，結果意外地合適。

把雪酪吃得一乾二淨後，吉川放下湯匙，拿起叉子。

「這碟是梅酒沙瓦蘭蛋糕。」

吉川用叉子戳入金黃色的蛋糕體，裡頭的糖漿便汩汩流出。

這個沙瓦蘭蛋糕的發酵蛋糕體用了大量奶油和蛋，又浸飽梅酒，上面還裝飾了蜜漬杏仁。梅酒馥郁的香氣、蜂蜜的甘甜、杏仁的酸味，在口中彼此交融，奏響了帶有各種味道的和諧之聲。

「這個沙瓦蘭，也用了喜代女士的梅酒。」

吉川一語不發地移動叉子，將沙瓦蘭送入口中。

關於邂逅、關於緣分，文森思索了很多。

最終便是這幾樣用喜代女士的梅酒所製作的甜點。

一碟凝聚起來的思念，吉川一口一口吃下去。

當吉川吃下最後一塊沙瓦蘭後，思念彷彿湧了上來，暫時闔上雙眼。

接著，他又緩緩握起湯匙，輕敲焦糖烤布蕾的表面。

焦糖剝哩剝哩地碎了，熱騰騰的鮮奶油流融著，滿溢出來。

將湯匙送進口中後，吉川喃喃地說：

「……是甘酒嗎？」

「正是。喜代女士似乎也會手工釀製甘酒呢。我們在老舊的備忘錄上面發現了她寫下的作法。」

文森說著將一張泛黃的紙拿了過來。

吉川用相當懷念的表情，盯著那紙片。

「哎，我還小的時候，也跟著做了好幾次呢。那時還不能喝梅酒，但倒是喝過一點甘酒……」

一般來說，甘酒中時常會加入磨細的生薑，但文森特地去產地買了他喜愛的香草莢來搭配，結果與法式甜點十分契合。使用甘酒製作而成的烤布蕾，出現了前所未有的柔軟與滑順。

「這個烤布蕾，也是因為我與這個空間相逢才誕生的。就算這裡變成了咖啡廳，我也不會讓關於喜代女士的記憶從此消失。正因為想向你傳達這件事，所以準備了這幾道甜點。」

吉川沒有回應文森。

但是在沉默之中，烤布蕾吃光了。

吉川看著空蕩蕩的碟子，囁嚅地說道：

「以前，常和喜代姊一起吃香草冰淇淋配威化餅。」

吉川低著頭說。

「一直都以為自己忘了那時候的事……但是吃下去的瞬間，各種回憶卻一個又一個湧上來……」

味覺與嗅覺有喚起記憶的強大力量。

「那時她曾帶我到百貨公司的餐廳。冷冰冰的玻璃杯內，一球圓滾滾的香草冰淇淋，好吃到簡直不像這個世界的東西。」

吉川說著，聲音微微發抖。

「喜代姊教我說，冰淇淋冷到舌頭的時候，就咬一口威化餅，讓舌頭休息一下。」

昔日故人的身影，正在他腦中歷歷浮現。

「搬家之後，我也常來這裡玩。把她當姊姊一樣愛慕著，但是，不知道怎麼回事，有天突然覺得很尷尬，後來就總是離得遠遠的。」

吉川的話至此中斷，再一次盯著空蕩蕩的碟子。

「我還曾幫喜代姊一起釀梅酒呢！還說，長大了之後，要一起喝的呢！明明說好了的……」

刻意疏遠之後，竟就再也見不到這位重要的人了。

那份後悔與憤怒，就是這次事情的導火線吧。

「其實我一直都很在意這件事。」

吉川自言自語般地說。

「喜代姊走了之後，這個家當然不能放著不管，這我知道。但是，整理她的遺物這件事，我實在辦不到啊。就會覺得，如果一直維持著那樣，那個人，就好像依舊還在……」

吉川緩緩地搖頭，閉起雙眼。

不久，雖然仍閉著眼，表情卻變得柔和起來。

「吃了有梅酒的甜點後，一瞬間，好像看見了喜代姊笑得開懷的表情哪……真的是讓人好懷念……」

吉川睜開眼睛，從位子上站起來。

然後再次環視四周。

「上班的年輕族群，會很喜歡這家店吧。」

那些芒刺，從吉川的心底消失了，浮現的是饒有興致的表情。

「下一次，我把家裡的小孩帶來逛逛吧。」

文森一瞬間抓不到這句話的意涵。

「啊……？」

「她在經營和服出租店呢，還認識很多女孩子，會順便替你宣傳的。」

「這……」

「既然我受到了喜代姊這麼多的照顧，這恩情也不能不報啊。既然她還活著，那我自然想要再多見她幾面了……而且，喜代姊，是個很好客的人哩。」

吉川抬頭正視著文森。

「要是這邊變熱鬧了，喜代姊一定會高興的。」

吉川的意思，應該是開咖啡廳也沒問題吧。

鬆一口氣的瞬間，全身的力量好像都散了。

文森高興之餘，身體從膝蓋開始發軟。

「被你打敗了啊。」

吉川聳了聳肩膀，走出店外。

「但，也好，讓我吃到了好東西。謝謝招待啦！」

「非常感謝您今天的光臨，恭候您下一次大駕。」

文森由衷地說，並將店門打開，一路目送。

吉川與來到店裡時的模樣完全相反，踩著輕鬆的腳步離開了。

※※※

為了報告近況，得和須磨崎見個面。

到了常去的酒吧，文森和須磨崎彼此碰了一下酒杯。

「首先恭喜你，太好了，事情順利解決。」
須磨崎微笑著祝福。
「今夜的酒，特別美味啊！」
文森興高采烈地一口飲盡。
須磨崎也迅速地喝乾了一杯紅酒。
不知道喝下多少杯紅酒後，須磨崎低下頭，用低沉的聲音說道：
「結果我做的事，與其說是多餘的，不如說是徒勞呢。」
須磨崎肩膀塌軟下來，囁嚅著說：
「那個料理教室的人，是叫愛子老師吧？薑不愧是老的辣啊，和她相比，我根本就……」
須磨崎露出平常絕不會給人看見的表情和懦弱的發言，文森不知道該怎麼回應，顯得手足無措。
「這是壞習慣，我自己也覺得喔。立刻就想開戰，奪得勝利之類。」
「就你的立場來說，這也是沒辦法的事情啊。」
「但有時候，我很討厭這樣的自己。」
須磨崎抬起頭，用潤濕的雙眼看著文森。

「和前夫爭執的時候也是這樣。其實並不是非得爭個是非黑白不可，也許我只要親手做些菜，用惹人疼愛的方式在家等他回來就好了。但，不想做的事就是不想做，不是嗎？」

看來須磨崎是醉得相當厲害了，比平常還要多話。

原來如此啊，她曾離過婚。

得知她的過去，距離就算縮短一些了吧。

「要是我也能做些好吃的東西，事情可能就不會變成這樣了吧……」

文森再一次感到日本女性的有趣之處。

既有像愛子老師那樣的人，也有像須磨崎這樣的人。

他們就是他們，毋需成為什麼大和撫子。

「那，妳要不要也來料理教室呢？」

聽到文森的提議，須磨崎將眼睛瞇細，噗嗤地笑了。

「說得也是，那樣好像也不錯……但，不，還是算了吧。」

須磨崎搖了搖頭，凝視酒杯。

「不是都說適才適所嘛，我就是我，我只做我想做的事。」

說完，乾脆地將剩下的酒一飲而盡。

須磨崎斷斷續續傾訴了心底的話之後，又強韌地自我鼓舞，這在文森眼裡十分迷人。

好可愛的人哪，文森這樣想著。

正因為看見她一個人堅忍地活著，更湧起想要保護她的心情。

「要說壞習慣的話，那我也有哩。」

須磨崎聽到文森這樣說，將頭微微地抬了起來。

「怎麼說呢？」

「以前被戀人說：『比起伴侶，你更愛甜點吧。對你來說，女性無非只是引發你靈感的手段而已。新的甜點一完成，你就對再也沒用處的戀人失去興趣。』」

文森面對戀人的指責，無可辯駁。

說起來真的是這樣吧。

一旦被女性吸引，新的甜點配方就會浮現。可是品嘗過味道之後，最初再有魅力的女性也必然褪色。

「你真是把人看扁了呢！」

須磨崎說完，嘴角一提，忍俊不禁地笑了。

她這時不再落魄，變回了那個有自信的女性。

「要不要試試看哪，看從我這邊能引發怎麼樣的甜點靈感！」

面對挑釁的笑語，文森怦然心動。

是啊，日本的女性並非每個都一樣。

只是排列組合的問題，這也算是契合食材吧。自己和須磨崎的交會，究竟會引發怎樣的化學變化呢？

似乎會讓咖啡廳變得更加順利呢！

也許差不多該展開新的戀情了。

文森這樣想，看著須磨崎擱在吧台上的纖細手指，將手慢慢覆蓋上去。

第三章

兩個人的廚房

1

蜜琪有一個姊姊，名字叫茱莉亞。

漢字寫做「樹里愛」，但那煞有其事的字面意涵她本人很討厭。

茱莉亞是姊姊，蜜琪是弟弟。

兩人住在沒有浴室的舊公寓中。連冷氣機都沒有，每到夏天房間就變得像大蒸籠。這幾天已可感到秋風吹拂，終於可以輕鬆一點了。

茱莉亞是社會人士，蜜琪則是大學二年級的學生。蜜琪一邊等著茱莉亞工作下班回家，一邊準備晚餐。

自從上了愛子老師的料理教室，做菜技能似乎有相當程度的提升。對於幾乎沒有家庭聚餐經驗的蜜琪來說，在料理教室的所見所聞，連連讓他感到新鮮、驚嘆。

蜜琪拿著湯勺，將鍋蓋掀起，裡頭煮著南瓜。

「差不多煮透了吧。」

他用原本的聲音喃喃道。

他穿著男裝的襯衫和牛仔褲。

怎麼看都是個氣質清爽又乾淨的男大學生。

拿著湯勺撈取一點點湯汁，盛入小碟，試嘗一口。

「好，完美！」

與在料理教室吃到的味道幾乎一模一樣。

蜜琪會在家裡做從愛子老師那邊學到的料理。

不只是按照食譜順序。連味噌、醬油等調味料，也都特地準備與料理教室完全相同的種類。

「栗子飯上，就是應該要撒一點胡椒鹽哪。」

蜜琪一邊自言自語，一邊翻閱記事本。心愛的記事本上，一字不漏地記載愛子老師教的東西。

看著記事本上「在碗中盛好飯，酌量撒上胡椒鹽」的字樣，蜜琪打開電鍋的蓋子。

煮好的飯充滿栗子的香氣，激起了食欲。一手拿著飯瓢，從飯鍋底部鏟起，將栗子與飯充分混合後，肚子就叫了。

「接下來再燜一下就可以了。」

蓋上鍋蓋，看了看掛在牆壁上的時鐘。

差不多是茱莉亞回家的時間了。

如果有加班，就會打電話或用電子郵件通知，既然都沒有就表示應該會準時到家。

京都對兩人來說，是無親無故的土地。

高中時蜜琪讀到一本書，從那以後開始對心理學產生興趣，一心想到作者所任教的京都的大學讀書。但雙親連支付他寄宿費用的能力都沒有，正想放棄的時候，原本在老家就職的茱莉亞換工作到了京都，因此過來與她住在一起。

與茱莉亞兩個人同居之後，蜜琪一點一滴地學會做家事。

租金和生活費都由茱莉亞負責，烹飪和掃除自然就是蜜琪擔當，不過衣服是各自洗的。蜜琪拿到了不用歸還給學校的獎學金，用打工所得支付料理教室的費用。愛子老師的料理教室不需要入會費，每個月給老師的謝禮也因顧慮到他，訂了十分良心的價格，即使是學生也能負擔得起。家計與家事的分擔上，雖然沒有明確的討論過，但姊弟倆各自做自己做得到的事，以互助的精神彼此扶持著。

「我回來了！」

玄關的門打開，傳來茱莉亞的聲音。

「哇，今天也累壞了……」

茱莉亞用沙啞的聲音說著，一邊走到廚房去。

茱莉亞和蜜琪的外表完全不像。

相較於纖瘦的蜜琪，茱莉亞顯得相當豐腴。

「妳回來啦，那現在我就來烤魚。」

茱莉亞一聽見蜜琪的話，轉瞬間又變得有活力起來。

「啊，肚子餓了啦。烤魚？是什麼魚？」

「是秋刀魚喔。因為很便宜，打折後不到一百圓。」

「哇！好棒！果然到了秋刀魚的季節了呢！」

在洗手台洗臉洗手、漱口後，茱莉亞打開冰箱，將冰透的礦泉水拿到餐桌上。

「要磨蘿蔔泥嗎？」

「要，麻煩你了。」

蜜琪在瓦斯爐附加的烤魚架上烤秋刀魚，一旁的茱莉亞則用磨泥板將蘿蔔搓成泥。

「這個白蘿蔔，似乎挺辣的。」

嗅到傳來的陣陣氣味，茱莉亞用筷子夾了一撮蘿蔔泥試吃，眉頭皺了一下。

「哇，糟糕。」

茱莉亞用同一雙筷子，又夾了一撮蘿蔔泥送到蜜琪嘴裡。

「怎麼樣？」

「恩，真的滿辣的。我覺得每次姊姊磨，都會磨得很辣。」

「對不起……」

「不會啦，又沒關係。我喜歡辣一點的。說到這個，愛子老師有說過，在磨蘿蔔泥的時候如果正在生氣，磨出來就會變辣。」

「哦？有這種事？」

「因為在磨的時候施加的力氣多一點，就會更容易破壞白蘿蔔的組織，釋放出辣的成分。所以有一個祕訣是，從容地磨，一邊畫圓一邊磨，這樣的蘿蔔泥就會比較甜。」

「原來是這樣，下一次我會注意的。」

蜜琪將烤好之後香氣四溢，油脂微微爆裂的秋刀魚裝盤。茱莉亞則在盤子裡擺上蘿蔔泥。蜜琪將燉煮南瓜盛到湯碗的同時，茱莉亞則用茶碗添好栗子飯。有空閒的人，將剩下的工作完成，是天經地義的事。

在餐桌旁坐好後，兩個人合掌齊聲說道「開動了」。

茱莉亞吃下一口栗子飯，兩眼幸福地細瞇起來。

「唔嗯，好好吃喔！」

鼓起來的臉頰連著豐厚的雙下巴。

拚命扒飯下肚的姊姊，在一般世間男性的眼裡絕對算不上「美麗」吧。但對蜜琪來說，卻是比什麼都幸福的時光。

特地去料理教室上課，全都是為了姊姊啊。

其實，蜜琪對於吃毫無堅持。如果是自己一個人，會覺得隨便吃就可以了。正因為有想要吃自己做的料理的人，才會有動力好好做菜。

茱莉亞一從冰箱中拿出橘醋，蜜琪歪著頭問。

「橘醋？不是應該蘸醬油嗎？先前在料理教室烤秋鮭的時候，也是淋醬油的。」

「但，來，你看看這邊寫的。」

按茱莉亞所言，看到橘醋的標籤上寫著「適用於火鍋料、沙拉和烤魚等」。

「那妳就試試看吧。姊姊蘸橘醋，我蘸醬油。」

兩個人各自挾了秋刀魚蘸不同的醬料。

蜜琪和茱莉亞不曾擁有「老媽的味道」。

他們缺乏年幼時期理應透過經驗而形成的味覺。

所以，必須一樣一樣嘗試。

他們嘗過了各自的秋刀魚後，就交換盤子，比較味道。

「橘醋似乎更為爽口呢！」

蜜琪同意茱莉亞的意見。

「我同意。看來富含脂肪的魚類，應該要用柑橘類的酸澀來提味。」
「那麼，我們家以後就這樣辦，秋刀魚佐橘醋！」
「了解！」
與重要的家人同桌用餐的幸福。
兩個人並非只是單純吃下料理而已，而是將嘗味道當作一種象徵。
從有記憶開始，蜜琪幾乎沒看過母親下廚。
母親總是買些含酒精的飲料、便利商店的便當、微波食品和甜麵包、果凍飲等等，從小蜜琪他們只吃這些東西。
由於三餐無法滿足，蜜琪變得營養不良，幾乎沒長什麼肉，也一直長不高。另一方面，茱莉亞的身體卻在一點一滴地囤積之下，奇妙地胖了起來。
但那些都過去了。
現在兩個人正漸漸地提高生活品質。
「今天的客人很有趣喔，本來還在客訴，卻漸漸變成人生問題的諮詢了，不知不覺間，竟聊到考慮與先生離婚的話題。」
茱莉亞的工作是客訴諮詢中心的服務人員，晚餐時常常會提到工作的事。
「連個可以傾吐的對象都沒有，那孤獨讓人顯得好可憐哪……」一邊這樣想，一邊聽對方講話，突然冷不防地問：『欸，你要不要和我的兒子見一次面哪？』說出這樣的話喔。」

「啊？怎麼會這樣？」

「也不能不同意啊，只好『好的好的』地應付了，竟然會覺得我乾脆去當對方的媳婦，實在是好可怕啊。」

茱莉亞一邊大笑，一邊將更多的栗子飯塞到胃裡。

「因為姊姊只有聲音是美人嘛。」

「什麼只有聲音，你很失禮耶！」

「抱歉啦，還要再一碗嗎？」

蜜琪一問，茱莉亞就將空蕩蕩的碗遞了過去。

「當然要再吃啦。」

蜜琪站起身，為她再添滿一碗栗子飯。

「說到這個，先前不是有跟妳說過料理教室的佐伯先生，妳有印象嗎？」

蜜琪將山峰般的栗子飯遞過去。

「恩，就是那個有點天真，但基本上是個好人的大叔吧？」

就像茱莉亞會講工作的事情一樣，蜜琪也會聊些大學或料理教室的事。

茱莉亞也因此得知佐伯和一位幾乎沒見過面的對象相親結婚的事。

「佐伯先生和他太太，似乎在考慮中年離婚的樣子。」

「啊？為什麼？」

「因為佐伯先生原本就是什麼家事都不會做的人哪，結果突然間被老婆叫來上料理教室的課。這怎麼想，都覺得是為離婚做準備。」

「恩，有道理。可能是一種測試吧，如果好好學會做菜，又會幫助做家事，那在退休後應該就不會被當巨大垃圾丟掉才對。」

「突然聽到要離婚的話，佐伯應該會大吃一驚吧。」

「但是，你可別給人家出什麼建議喔。對了，那個建築師最近如何？」

「真淵先生？他那邊好像發展得挺順利的喔。」

「哇，真是厲害！他是對圖書管理員一見鍾情對吧？真是戲劇性哪。」

茱莉亞用陶醉的語氣說著，臉上浮現笑容。

茱莉亞是絕對不會嫉妒他人的。

因為她已經放棄一切可能性了。

別人能擁有的幸福，自己是無福享受的。

回顧兩人童年的經驗，深感於此。

一開始就覺得那是和自己無關的事，就不會受羨慕之情所苦。

「我吃飽了！啊！好好吃喔！」

茱莉亞一臉滿足地雙手合十。

「累兮兮地回到家，就有煮好的飯能吃，實在是好幸福啊。謝謝你，總是替我做那麼好吃的東西。」

「姊姊才是，工作累壞了吧。」

兩人並未忘記心存感謝，彼此慰勞起來，甚至有點過頭了。

「啊！對了，有餐後甜點呢！」

看見蜜琪拿出來的東西，茱莉亞整隻眼睛綻放光芒。

「雙葉的豆大福！太讚了！」

「對了，姊姊，妳有吃過『松風』嗎？」

「我不知道那是什麼耶？」

「那我下次買給你。據說這種甜點有點像加了白味噌的蜂蜜蛋糕。之前佐伯提到，我滿好奇的。」

「好啊，好期待喔！」

茱莉亞露出十分歡喜的笑容，眼睛瞇得像絲一樣盯著豆大福看。

雖然有番茶和玉露[1]，不過蜜琪選擇泡煎茶。

首先在茶杯中加入熱水，茶杯加溫時，等待熱水的溫度下降；接著將茶葉裝入茶壺，熱水至適溫時注入壺中；茶葉浸泡時間約三十秒，之後就輪流將熱水注入兩只茶杯中，直到最後一滴。

這樣就能泡出沒有雜味，醇厚圓潤的煎茶了。

就算只是泡茶，蜜琪也沒有所謂「正確的經驗與知識」。他平常只喝罐裝或寶特瓶裝的飲料而已。所以上網搜尋日本茶專賣店的網頁，參考網頁中「將茶泡好的方法」，也讀了岡倉天心寫的《茶之書》，並加以身體力行。

「啊，放鬆下來了……」

茱莉亞啜飲一口煎茶後，露出恍惚的表情。

「能在家放鬆最棒了！不管多麼疲累都會被趕走。」

這種安穩的空間，在童年時代是完全無法想像的，對此蜜琪內心深深感到幸福洋溢。

「對了，我也有帶土產回來喔。」

茱莉亞起身從自己房間拿出一個紙袋。

「鏘鏘！」

茱莉亞用嘴巴發出音效，一邊從紙袋中拿出一件洋裝。

「這是今天午休時逛到的，覺得很適合你，就毫不考慮地買下了呢！」

茱莉亞將衣服展開來給他看，是用軟厚毛巾布做成的軍外套。

米黃色的衣料上有淡粉紅的縫線，是設計光鮮亮麗的女性時裝。

「穿穿看！」

蜜琪將襯衫脫下，披上軍外套。

「恩，確實很適合你！」

茱莉亞十分愉快地說。

「你有一件黑色短褲不是嗎？如果和那件搭一下，整個就是恰到好處啊！」

「好啦好啦，我換就是了。」

蜜琪走進自己的房間，換上那件短褲。順便穿上及膝長襪、戴上假髮。

「好可愛唷！」

蜜琪一走出房門，茱莉亞就鼓掌叫好。

「化個妝怎麼樣？」

---

1 番茶、玉露：玉露是用茶的嫩葉製成的綠茶；番茶則是嫩葉採收完之後，使用較老的茶葉製成的綠茶。

「現在嗎？」

「我想拍起來嘛，好不好，求求你！」

「可是我還有報告沒寫耶……」

儘管不太願意，蜜琪最後還是按茱莉亞說的做了。

茱莉亞自己幾乎不化妝，可是各種化妝品和用具倒是一應俱全。只要看到華麗可愛的東西，順手就買了，例如加了亮片、閃閃發光的唇膏；包裝文字用古董風格的金箔寫成的優雅睫毛膏、猶如花園般的粉色腮紅……但是，這些都不適合她自己，單純是享受收集之樂。

蜜琪一邊在臉上塗各式各樣的東西，一邊在腦中思索、彙整報告的大綱。

報告題目是「試述自嬰幼兒期至老年期，人類的發展過程」。首先得確定發育的定義。發展和成長是不一樣的。艾瑞遜[2]所提出的發展三要件……

之所以專攻心理學，就是因為想要理解人類的行為。

但是，不管獲得多少知識，始終像在撈取水面上的月亮，最後僅能撈到池水而已。

「把眼睛睜開一下。」

睜開眼，茱莉亞的臉靠得非常近。

茱莉亞屏氣凝神，將蜜琪的睫毛刷捲。

蜜琪往下看見茱莉亞的左手腕。茱莉亞不管多熱，總是穿著長袖的洋裝。袖子捲起來的時候，才看得見平常被隱藏起來的部分。

茱莉亞的左手腕有一道約三公分長的疤痕。那是很久以前，為了保護蜜琪抵擋酒後施暴的父親時留下的傷。

這段經驗讓茱莉亞從此不相信男性。

也許就是因為這樣，茱莉亞才那麼喜歡扮女裝的蜜琪。

「來，再閉上眼睛。」

蜜琪動也不動地任茱莉亞弄。

就像換裝遊戲中的人偶。

對食物沒有什麼欲求的蜜琪，也不太在乎外表。

並非有什麼品味上的堅持才穿那些女裝的，正因為不關心，所以不抵抗姊姊將自己變裝。」

蜜琪第一次上妝也是為了茱莉亞。

在京都，時常可以看到穿和服的女性。喜歡美麗事物的茱莉亞，只要一看見穿和服

---

2 艾瑞遜（Erik Homburger Erikson, 1902-1994）：二十世紀著名的發展心理學家。

的女子，就會投以熱切的眼光。

茱莉亞生日那天，蜜琪沒有送禮物，而是請她提出一項要求。

茱莉亞回答道：「想當一次舞妓。」

但不是讓自己變成舞妓，而是饒有興致地在蜜琪身上塗塗抹抹，穿紅戴綠，選用各色和服與腰帶，只求把蜜琪變作美麗的化身。

蜜琪以自身代替茱莉亞實踐願望。

如果可以變成治癒姊姊的道具，我心甘情願。

蜜琪閉著眼想著。

例如：「尊重需求」這個詞。

例如：「PTSD」這個詞。

例如：「共依存症」這個詞。

為對方貼上標籤，就是一種呪。

有些東西，在被定性分類的過程中，就會消失。

「好了，真完美！」

蜜琪聽見茱莉亞的聲音，把眼睛睜開。

「好可愛唷，真的，好可愛。」

茱莉亞毫無惡意地用陶醉的眼神緊盯著蜜琪看。
「來！看這邊喔！擺個姿勢！」
面對拿著相機的茱莉亞，蜜琪擺出了笑臉。
茱莉亞按下快門的時候，蜜琪就擺出非常可愛的姿勢。
手放在臉頰上，微微地將頭傾斜，或者用手指圈出愛心的形狀，或者祈禱似的雙手合十兩眼向遠處望……
「哎唷！人家本來想要準備報告的啦，哼！」
既然都裝出可愛的聲音了，乾脆就發個怒試試看，實際上，自己倒也沒有不樂在其中。
兩個人的生活，就像沒有魔女的糖果屋。
被丟棄在森林裡的孩子們，終於抵達一處安全的地方。毋需畏懼可怕的大人，又能毫無節制地吃自己喜歡的甜點……
一開始，完全不考慮營養的問題，只是一個勁兒地買自己喜歡的東西來吃。但為了省錢，終於體察到還是自己煮比較好。自己學做菜，只要愈做愈好，就會愈來愈喜歡做家事，也就能幫上茱莉亞的忙了。
蜜琪的母親總是滿嘴「沒錢啦」，但現在來看，不過也就是在伙食的花費有許多無謂的浪費。明明只要按照家人的需求量來煮，就能變得很省。一再買外食的結果，正是造成恩格爾係數[3]上升的關鍵。

買食譜、參考電視的料理節目，在網路上搜尋作法，似懂非懂之間學會做菜的蜜琪，漸漸地熟練起來。畢竟人類的大腦，會對進步感到歡欣鼓舞。

當茱莉亞看見蜜琪親手做的菜擺放在餐桌上，也會感到很快樂。

但，自己是不是真的算是學會料理了呢？蜜琪對此沒有自信。畢竟書、電視或網路上示範的料理，可以用眼睛看，卻沒有辦法真的吃到，無法知道味道。

才想說乾脆去上料理教室好了。

茱莉亞幫弟弟換裝。

蜜琪把姊姊養胖。

然後，夜便深了……

2

蜜琪整理了一下儀容，便朝愛子老師的料理教室出發。

打開門走出公寓，先四處窺探一下。確認附近沒什麼人看見之後，火速地衝出。

接著，擺出一副事不關己的樣子邁步前進。

姿勢與步態，是他特別講究之處。觀察女性特有的動作後，藉由訓練內化成自己的舉止。

一開始還會在意擦身而過的人的目光，但現在已經很習慣穿著有跟的靴子走路了。蜜琪的模樣並沒有什麼乖違之處，也鮮少吸引路人的目光，自然而然就與街道的風景融為一體。

上料理課之前，蜜琪從未穿女裝出門。

走在街道上，一邊從玻璃櫥窗確認自己的模樣。

---

3 恩格爾係數（Engel's Coefficient）：指家庭中食物支出占消費總支出的比重。

真的很適合我嗎……不，現在還沒有。

身體正在變。蜜琪現在還持續長高著，女性也會按照年齡，改變服裝穿搭吧。

總不能老是這樣穿，這點他很清楚，只是一旦開始這樣做，要停下來就很難了。

會發現愛子老師的料理教室也純屬偶然。

那是春天快來臨的日子。

由於在巷道內迷路，徬徨猶疑的時候，看見在某間長屋最深處的玄關掛有門簾，寫著「料理教室」的字樣。

對了，如果去那邊上課的話，就可以確實嘗到老師製作「正確的料理」實際的味道。

蜜琪邊想邊走近，看見海報上用極美的字體寫著：

四月開始，每週六晚上的課要開班了，現正招生中

看見海報時，正好玄關的門被推開，幾個像是學生的年輕女子正愉快地邊聊天邊走出來。

蜜琪看見這些臉上堆滿笑容的女性，感到有點怯生。

自己身為男孩子要走進那個地方，還真需要勇氣哪……
如果以站到女生小圈圈中間也不奇怪的模樣走進去，會怎麼樣呢？穿連身裙，或者是套上各色短裙，至今為止都是為了茱莉亞。
那是關起門來，偷偷玩的遊戲。
現在蜜琪為了上料理課，首度以女裝的姿態出門。
以絲毫沒有破綻的女性裝扮，敲了料理教室的門。
都做到這樣了，誰知道週六的課竟然是男性限定的呢……？
愛子老師最初也嚇了一跳，瞠目結舌地盯著他。
但她並沒有針對外觀的事發表意見。
其他的同學，也只是將蜜琪當作「就是這樣的人」而接受。
既非家裡，也非學校或職場，只是為了學料理偶然來到的場所而已。無人干涉顯得一派輕鬆，恰到好處的距離使人心曠神怡。
雖然知道這個班上只有男性，但都到這地步了才改穿回原本的穿著，反而更讓人尷尬。蜜琪乾脆每次上料理課，都維持女裝模樣。
初次踏入愛子老師的料理教室時，胸中油然而生一種懷念之情。
將鞋子脫掉，踏到地板上的時候，竟很想說聲「我回來了」。

但懷念歸懷念，實際上他並不知道這樣的生活究竟是怎麼回事。

蜜琪長大的地方，是鋼筋混凝土築成的集合住宅。鋁合金的窗框，廉價的貼皮地板，去過幾次的祖父母家，也是不中不西的洋房，沒屋瓦也沒和室。

蜜琪對於昔日美好的時代，更是一無所知。

也因為如此，面對穿著廚師服的愛子老師，蜜琪總有一股鄉愁似的情緒……

「好了，大家都到齊了吧，那我們就正式開始吧。」

愛子老師站起來，臉上掛著溫柔的笑。

蜜琪看著愛子老師，總覺得她像是一種「人造物」。

簡直像是把電影中的穿著拉到現實來。

具體想不起來是那部作品，但說起昭和時代的電影，一定有像愛子老師這樣的角色。

對蜜琪來說，這樣的存在，給人一種脫離現實的感覺。

扎實活著的人。

「日落之後，天氣明顯轉冷了喔。今天的菜單，是炸豆腐皮和豆漿湯豆腐。此外還有荻飯、醋醃蘿蔔乾，柿乾以及鯡魚茄子。」

「愛子老師，荻飯是什麼？」

蜜琪舉起一隻手提問。

「用紅豆的紫代表荻的花，用銀杏的綠來代表荻的葉，是這樣的一種拌飯喔。比起栗子拌飯或松茸拌飯，也許味道沒有那麼豪華，卻是能盡飽眼福的拌飯，使人感到季節的風情。」

「原來如此，第一次聽到耶。不過話說回來，我也從來沒看過荻花就是了。」

聽到蜜琪這樣說，智久也附和道：

「說起來有點不好意思，提到胡枝子，我腦中也浮現不出這花的模樣呢。」

才說完，文森就用鼻子哼一聲，聳了聳肩膀。

「喂！你們真的是日本人嗎？這連我都知道耶！它點撒地綻放，是惹人疼惜的花。」

佐伯接著下去說：

「花紙牌也有喔，荻與山豬。」

蜜琪與智久面面相覷的一會兒後，又把頭一歪。

「嗯，就算你說花紙牌……」

「不好意思，我也沒玩過花紙牌。」

「什麼啊，原來不知道花紙牌啊。最近的年輕人哪，實在是……」

佐伯用一副敗給你了的口氣說，愛子老師則拿出一幀照片。

「是這樣子的花喔。」

似乎是某個家的庭院一隅，紅紫色的小花離離綻放著。

「艸字頭的下面，寫上一個秋，屬於秋天七種花草之一。荻、桔梗、葛、澤蘭、敗醬草、芒草和瞿麥。」

聽完愛子老師背誦的花名，蜜琪和智久發出「喔～」的感嘆聲，並鼓起掌來。

「把銀杏子縱剖成兩半後，那顏色和形狀也與荻葉一模一樣喔。」

「但銀杏子不是黃色的嗎？」

蜜琪想起放在茶碗蒸裡面的銀杏子，因而提問。

「銀杏子新鮮的時候，是翡翠色的呢！」

愛子老師取了一粒銀杏了，用鉗子將殼夾碎。

先是一聲清脆爽耳的響聲，接著殼中迸出一顆艷綠的果仁。

「雖然也可以用微波爐來加熱，但今天我們就這樣，一粒一粒剝開、燙熟。要小心的是，如果用力過猛，果仁會壓碎。在此同時，我們也來燉煮紅豆吧。」

蜜琪與智久一組，使用一張流理台。

「我負責剝銀杏子殼。」

「那我就負責煮紅豆。」

蜜琪輕輕地洗過紅豆後，將鍋子放到爐火上。

「煮黃豆的時候，通常會在水中浸泡一晚，紅豆則沒有這個必要。請使用大火來把紅豆們叫醒。紅豆皮會釋出少許鹼水，因此沸騰之後請將紅豆鎮在冷水中，並撈除浮渣，這樣就能煮出相當好的味道。」

蜜琪遵從愛子老師的指示，開始煮紅豆。

煮豆的湯汁沸騰時，可見紅豆都膨脹了起來。

「現在要加入冷水，防止紅豆表面發皺。」

在這個時候加入糖的話，就會變成一般的紅豆湯了吧，但今天不是要做這道甜點。

豆沫漸次從湯汁的表面浮了出來。

「愛子老師，是不是要將豆沫撈掉比較好？」

蜜琪一隻手拿著湯勺問。

「是啊，因為豆沫會讓湯汁變苦。」

用湯勺一次又一次地將薄膜一般的茶色豆沫撈起。蜜琪一邊做著這道費時的手續，一邊思考。

我自己，就像是在這邊把自己的豆沫撈掉一樣。

苦味、澀味，這些東西在愛子老師的身旁，都變得柔軟起來。

「銀杏子的殼，我已經全部剝完了。」

智久剛說完，與文森同組的佐伯也在流理台邊抬起頭說：

「我也剝完了。」

佐伯一邊說，一邊將剝完的果仁展示給大家看。

「這樣的話，接下來做些醋拌的東西吧。」

「這柚子，是要鑿個洞把果肉挖出來對吧？」

智久將手伸向柚子的同時，蜜琪也開始切起白蘿蔔和柿乾。

「好像在過年節似的。」

智久一邊用湯匙把柚子的果肉挖出來，一邊說。

「我家的母親只有在做年菜的時候，才會費心做柚皮容器。」

「其實一般家庭在做這種費工夫的菜時，不止為了美觀，而是一把東西放到柚皮容器內，整個風味就不一樣了，味道會有顯著的提升，因此學會沒有什麼不好的。」

蜜琪一邊聽著愛子老師的講解，一邊將白蘿蔔按照銀杏葉的樣子切開。

「真淵的母親這樣下工夫做年菜，真是很了不起呢！你看最近很多人都直接去百貨公司買。說起來，很多人本來就是連年菜都沒吃過呢。」

說的像是別人家的事情，但其實蜜琪家就是如此。

蜜琪的母親完全不做菜，自然也不會做什麼年菜了。

蜜琪吃過的年菜，是元旦過後，在超市熟食區賣剩的菜——栗金飩[4]或伊達卷[5]等等——以盒裝的方式便宜販售的東西。

「是啊，我們家也決定明年去店裡買就算了。」

在流理台邊挖著柚子肉的佐伯說。

「孩子也獨立了啊，兩個人做一堆菜也吃不完。」

蜜琪聽到這句話，背脊發冷。

話語中的種種內容，似乎可以察覺佐伯他妻子的心緒。

向商店訂購年菜，簡直是一種證據，說明佐伯的妻子的心，已經離開那個家庭了……

雖然只有在料理教室進行很有限的交流，但可以看出佐伯不是壞人。天真了點，可是光從會乖乖聽妻子的命令前來上料理教室，就知道絕對不是個殘暴的丈夫。

「法國有所謂的年菜嗎？」

為了化解尷尬的氣氛，蜜琪將話題轉到文森身上。

---

4 栗金飩：將新鮮栗泥用布巾包裹而成的點心。

5 伊達卷：日本人必吃的年菜之一，用魚漿和雞蛋製成。

「在法國的話，比起過年，耶穌誕辰……也就是聖誕節要熱鬧許多。聖誕節聚餐在我們那邊是一年中數一數二重要的，家人或親戚會團聚在一起，彼此慶賀。鵝肝、鮭魚，還有牡蠣！火雞、雞肉，以及兔肉的碳烤料理也不錯，還有飽含奶油的可頌或奶油麵包。當然，香檳是不可或缺的。夾了起士的巧克力、小餅乾和木柴蛋糕等等，絲毫不考慮體重，只考慮吞嚥哪。」

文森一個勁地吐著舌頭，口若懸河地講起來。

「光是這樣聽，就已經快要按耐不住了呢……」

「我們家啊，每年從聖誕節開始就一直吃，意識到的時候，才會察覺原來已經新年了。」

「文森每年年末都會回法國老家嗎？」

「啊，說起來，自從到了這裡，就一次也沒回去過呢！」

「啊？是這樣嗎？為什麼？」

蜜琪會有這麼誇張的驚嚇反應，是因為他自己也是離家之後，幾乎沒有回去探望過雙親。

但下週要舉辦法事，不得不和母親見上一面。

蜜琪想到這件事，心情就沉重起來。

「聖誕節對甜點師傅來說，是最忙的時候，根本不可能休假呢！」

文森聳了聳肩膀說。

大夥一邊閒聊，一邊各自忙著手邊的事。

「蜜琪，柚子汁已經榨好了。」

「好的，拿到這邊來拌吧。」

蜜琪從智久手中接過柚子汁，加入醬油，以便製作醋拌小菜。

「要燉煮的茄子，首先對半縱剖開來，然後請像這樣在茄皮上切出斜紋刀花。」

智久拿了一顆茄子，依照愛子老師的示範下刀。

「大家都愈來愈拿手了呢！」

愛子老師看著大家，深受感動地說。

「啊，蜜琪同學，這個就拜託了喔！」

智久察覺蜜琪已經將醋拌小菜拌得差不多了，把柚皮容器遞了過去。

將柚皮容器交給蜜琪後，智久又回到在茄子上切刀花的工作。

相對於一下子就能掌握各種料理用具特性的蜜琪，智久在菜刀的使用上相當不拿手，但終於也上了軌道。現在甚至能夠察覺到其他的人做到哪個部分了，實在很不容易。

「真淵先生，你操刀的感覺完全不一樣了呢！」
「是這樣嗎？」
「難道這就是戀情發展順利的證據嗎？」
才說完，智久就難為情地笑了一下。
「啊，嗯……」
「真的發展得很順利嗎？什麼嘛，真無聊。」
「蜜琪呀，你現在可別口無遮攔地說些過分的話喔……」
「嗄？你聽錯了吧？」
將頭傾向一側，裝起傻來。
雖然為智久的戀情加油的心情並不是假的，但偶爾也會想講些討人厭的話呀。
「那，所謂的戀情進展順利，是發展到什麼程度了呢？」
「先前和她一起去了一趟文森的店。」
智久非常害羞地回答到。
「說起來，先前本來還說因為有些麻煩所以必須延期的，但後來還是順利開張了呢！」
開幕非常令人期待，但事情發生後，由於開幕的日期更換，後來開幕派對也沒能辦成。

「啊，因為就在這附近，蜜琪也請一定要光臨喔。」

文森又接著說道：

「阿智的女友啊，是個好美好美的大和撫子啊。但是呢，明明是約會，阿智卻一點兒都不懂得照顧對方呢。不但先行入座，還忘了先幫女朋友拉椅子，可是那位女性卻一點兒都不生氣，實在是很溫柔的人呢！」

「哎唷，文森先生，可以不要再聊她的事了嗎？」

智久面紅耳赤地打斷了話題。

「不管哪一道甜點都很好吃，那次玩得很高興。蜜琪同學也一定要去一次看看！」

遮掩不住幸福感的智久，在蜜琪看來顯得相當耀眼。

雖然有時會逗弄憨直的智久，有時會裝得很懂似的給予一些建議，但這些全部都是從和姊姊一起看的日劇、少女漫畫，以及與女性朋友的閒談中拿來現學現賣的。

蜜琪自己雖然也曾被告白，並與對方交往，但因為並不適合，並沒有持續多久。

和不大認識的人談戀愛，究竟是怎麼樣的一回事呢？

對蜜琪來說，最重要的人就是家人、有血緣關係的人，打出生開始就陪在自己身旁的人。

「好棒喔！啊，對了，佐伯先生，你也邀你老婆一起到文森的咖啡廳坐坐嘛？」
佐伯聽見蜜琪的提議，面有菜色地回答道：
「哎呀，我的妻子啊，雖然是喜歡甜食啦……也因為這樣，所以剛結婚的時候是這樣，現在啊，已經變成這樣了啦。」
佐伯兩隻手擺成輪狀給大家看。
那手掌圈出的圓周，看來就是他妻子的腰圍。
「這根本是詐欺啊。」
佐伯像是在抱怨，但語調中卻充滿溫暖。
結婚之後，就算妻子愈來愈大隻，佐伯應該還是愛著她吧。
蜜琪覺得不可思議，原來也有這樣的夫妻關係啊。
就像想要知道正確的味道一樣，蜜琪也想知道一般人是怎麼想的。
構築一個穩固家庭的佐伯，和被雙親寵愛著拉拔長大的智久，蜜琪聽了他們說的話後，似乎漸漸地找到了所謂「正確家庭的存在方式」的答案。
「真淵先生，如何呢？即使那位圖書館美女變得超級肥，你依舊會愛著她嗎？」
智久面對蜜琪的質詢，畏畏縮縮地說：
「嗯，這個嘛……到底會怎樣呢……其實好像有點想像不出來，也許不到那個時候還真不知道呢……」

智久感到困擾，卻又認真地想著怎麼說才好。

「但，如果體重真的變得太重，其實對健康也不太好，會讓人很擔心吧。」

「大抵上，日本的女人太瘦了啦。」

一旁的文森插嘴說。

「竟然會在乎體重，豈有此理。重要的不是數字，是看起來的樣子。」

……嗄？

蜜琪愣了一下。

「咦？什麼啊，剛剛說到一半時，我還以為是要講什麼很棒的話呢，結果還不是在講外觀嗎？」

「嗯，對啊。體重根本就不是問題。重要的是，看起來美。做自己想做的事，吃自己想吃的東西，只要能享受人生，自然就能散發女性的光彩。」

蜜琪面對一口理所當然的文森，想不出可以辯駁的話。

加了砂糖和醬油，將甘露煮鯡魚和茄子煮出甜辣味。

引起食欲的香氣四散，蜜琪的肚子不禁餓了起來。

「享受吃，是一件重要的事。吃了好吃的東西，就能使人感到幸福，人生不享受的話，實在太可惜了。」

蜜琪彷彿自言自語地說完，愛子老師便微笑著點點頭。

「就是這樣呢。如果自己做的菜好吃，自己就能讓自己變得幸福。然後，能這樣親手下廚的人變多之後，幸福就會漸漸地蔓延開來了，真的很讓人高興呢！」

自己讓自己變得幸福……

這種事，蜜琪從來想都沒想過。

「飯差不多煮好了喔。」

愛子老師嗅到飯香，便這樣說。

「接著，我們就來把銀杏子燙熟吧。將這皮剝掉的祕訣就是……」

茱莉亞非常喜歡銀杏子呢！每當做了茶碗蒸時，蜜琪總是將自己的份拿給茱莉亞吃。

今天學會菰飯之後，就趕快做給她吃吧。

蜜琪想到這，就把記事本拿到手上，專心聽著愛子老師的說明。

3

蜜琪與茱莉亞和母親見面的那天，是祖母的週年忌日。

依次乘坐新幹線和電車，花了超過四小時的時間回老家，但即使看見小時候生長過的街道，也絲毫沒有懷念的心情。

那些鄉鎮的風景，好像在哪都會見到似的。車站前的商店街，泰半店面的鐵捲門都是拉下來的，沒什麼活力，閑閑散散的。另一方面，沿著國道走去，全國連鎖的餐飲店、便利商店、購物中心、家電量販店等又一家接著一家蓋起來，四處都是熟到不行的廣告看板。

走到這附近，就幾乎看不到什麼人了。這邊大抵上都是開車移動的。蜜琪和茱莉亞在車站前召了計程車，往菩提寺的方向前進。

「原來已經一年了啊，時間過得真快。」

從計程車上下來，走在碎石道上時，茱莉亞喃喃地說。

端著祖母的骨灰，在同一條路上走，已是去年的事。

那間寺廟，是外公與外婆的長眠之地。

蜜琪從來沒見過祖父。因為他在母親還是中學生的時候，就已經成為地府的一員了。

外婆則是強烈地給人一種「中規中矩」的印象。她一邊當著老師，一邊不假外力，獨自撫養女兒長大。

「只要去外婆家，不是都要超級注重禮儀舉止嗎？」

聽見茱莉亞說，蜜琪也想起外婆在世時的樣子。

「對啊，例如筷子的拿法或遣詞用字等等，好嚴格喔！」

「那時覺得很煩，一想到要拜會外婆就覺得很鬱悶，但現在想起來，卻覺得很感謝她。」

「唉，即使她那樣教，我們也實在是一群不學好的孩子啊。」

「但是，我們好像不大常去外婆的家。」

去外婆家的次數，屈指可數。

即便年紀還小，但已可感覺到母親與外婆之間的不睦。

「小學的時候，其他朋友們都會從外公或外婆那邊拿到好多的壓歲錢，但我們家因為離婚了，所以只能回媽媽的娘家去，而且其中還有好幾年根本沒去，想起來實在很不公平。」

對他們兩個人來說，就算外婆的囉唆回憶起來十分溫馨，實際上若是當她的女兒，應該只會覺得困窘。

母親為了要與嚴格的外婆保持距離，幾乎不會回娘家去。

外婆十分重視公序良俗，把面子看得很重。經過她毫無瑕疵的方法教育出來的女兒竟然離婚，對外婆的人生無疑是個污點。

關於離婚一事，若要舉例的話，外婆會這樣說：

「唉，你看看，連家也顧不好，成天只會想些有的沒的。我不是常跟妳說嗎？一定得抓住男人的胃哪！」

母親堅持不下廚做菜，或許就是來自對外婆的反抗意識吧。

盯著庭院的山水恍神，等了一陣子後，母親終於出現。

黑珍珠項鍊，以及在理髮廳調整好的髮型，精心的化妝，蜜琪一眼就可以看出：這人一點都沒變哪……

比起懷抱著悼念故者的憂思，自己看起來美美的，才是母親一向最關心的事。

但是，現在的自己已經可以理解母親的心情，而且，蜜琪想到自己其實也沒什麼指責母親的資格。

得知外婆辭世的消息時，剛從高中畢業的蜜琪，只覺得無法繼續穿學生服很麻煩。原本應該是悲慟到不能自已的場面，自己卻無情地只考慮著那件事，顯然就是從母親那兒遺傳過來的秉性。

「妳是不是又胖了啊？」

母親一開口，就開始批判茱莉亞的外貌。

「雖然穿黑的本來可以顯瘦，但看來是沒啥用。妳現在到底幾公斤啊？稍微減點肥吧，真不像樣。」

母親的神韻，與蜜琪極為相似。

華麗，且輕易就能吸引人的目光，那種魅力至今未減。

就像蜜琪用化妝與服飾來偽裝自己的性別一樣，母親用化妝和服飾來掩飾自己的年齡。

自己年輕的時候被多少男人追求與寵愛啊，這些話不知道這母親和孩子們講了多少次。

接著就提到，和兩個孩子的生父這號人物結婚，是人生最大的失敗云云……

雙親離婚之後，父親究竟下落如何，蜜琪並不知道。

外表看起來沒啥異狀，但只要一喝醉，就會訴諸暴力，那種讓姊姊受傷的人，蜜琪不想見到第二次了。

「妳還是一樣不懂與人相處之道呢，就是因為這樣才連個伴都沒有哪！」

母親對著只是低著頭的茱莉亞滔滔不絕地發表辛辣的言論。

在母親面前，茱莉亞幾乎不說一句話。

因為已經有了覺悟：在至今為止的經驗中，不管再怎麼說破嘴，也沒有辦法將自己的想法傳達給對方。

要是反駁的言詞不夠強，母親就會用犀利好幾倍的話語回擊過來。就算對方是自己的小孩，只要不合自己的意，就毫不留情地斥責。茱莉亞深知如此，所以不發一語。

「媽，這個是要供奉的花束……」

蜜琪伸手要將白色的菊花花束交給母親。

雖然去花店買花束的是茱莉亞，但她本人討厭拿花束，就給蜜琪拿著。

「妳在這邊把花交給我，我很困擾的！」

母親只瞥了這邊一眼，也沒把花接過去。

就算受到母親這樣對待，蜜琪也已經毫不在意了，逕直把花束交給一位年輕的住持，請他去供養了。

「其他人呢？」

蜜琪問完，母親搖搖頭說：

「結果舅公還是不會來，說是身體狀況容不得他出門。說起來，也很久沒和他見面了。」

外婆的弟弟還活著，雖然有出席葬禮，但之後據說身體狀況不大好。

法會也只是在正殿念完經文就算結束了。

蜜琪想，母親大概就是選了個最便宜的方案吧。

出寺廟門的時候，與一群擾攘的人擦肩而過。

那些應該都是小學生，正快樂的嬉鬧著。旁邊站著用溫暖的眼神看著他們的大人們，其中還有懷抱著嬰兒的母親……

記得孩提時參加的法會，來了好大一群人，一起聚餐。

但由於與外婆年齡相近的人多半都已亡故，年輕一輩的像姊姊或自己又都還沒組成家庭，因此人數已經減少許多了。

再加上雙親離婚，親戚的數量也減半。

要說有點討厭的地方，大概就是雙方斷得一乾二淨吧。由於母親這種生活方式，以至於和父親那邊的祖父母與堂兄弟們也都沒有重逢的機會了。

坐上計程車的時候，母親問道：

「你們不回家對吧？」

「對，因為新幹線的票已買好了。」

蜜琪一邊看著窗外流逝的風景，一邊回答。

老家就在距離這裡二十分鐘車程的地方，但並不想特地過去一趟。

童年時代住過的房間，現在似乎是不認識的母親的戀人住在裡邊。

「我們不辦三年忌了。」

母親說完，蜜琪也沒什麼感覺，只是點頭。

「我知道了。」

「而且你們每次這樣折騰過來，也很麻煩吧。」

母親好像想借題發揮似的，接了下去說：

「說起來這種事，不過也就是要讓活下來的人能夠整理心情而已嗎？那既然做女兒的我都覺得可以了，對方應該也不會有什麼意見吧。」

也許心裡某處也覺得這說法很合理……因此就算蜜琪有點輕蔑母親，倒也不會打心底厭惡她。

因為母親沒什麼良心，所以一直以來也不覺得很拘束。

反正不管做什麼，血緣關係也不會消滅，強求人去守墓，也只會徒然使人鬱悶而已。又不是說需要和哪裡的誰來比。說來說去，蜜琪的母親也就這麼一個而已。

在車站前下計程車的時候，母親說：

「既然你們都來一趟了，我可以請你們吃個壽司喔！」

蜜琪轉頭詢問茱莉亞的意見。

怎麼辦？

面對蜜琪無言的提問，做姊姊的頭點了一下。

母親所欠缺的一般常識和判斷力，不知道為什麼，竟然也完完整整地遺傳茱莉亞身上了。

恐怕原因是，即使茱莉亞不太想和眼前的對方去吃飯，但還是遵從了所謂「不能不珍惜親人哪」，或者「法會結束就是要聚個餐啊」等這種社會性的觀念。

茱莉亞全身緊繃著，嘴巴像貝殼似的抿著。

臉色鐵青，一看就知道是處於過度緊迫的狀態。

明明可以不用這麼勉強的……

蜜琪雖然這樣想，但茱莉亞是沒辦法那樣自我中心地想的。

茱莉亞的性格，有某些部分像外婆。因此就像外婆與母親處得不融洽一樣，茱莉亞與母親也難以相容。

離婚之後，母親開始從事夜間工作。黃昏時出門，大清早回家。白天的時間不是睡覺，就是打混殺時間。有時會找不認識的男人到家裡來。面對這樣的母親，蜜琪可以理解她是為了維持生活，無可奈何才去工作的。說是放棄做家事，其實是不得不放棄。可是茱莉亞是個有潔癖的人，因此無論如何都無法原諒打混的母親。

蜜琪對母親沒多少期待。

而茱莉亞則對「母親」這樣的存在有極高的理想，或許也因此感到痛苦。

走進車站大樓的壽司店，便傳來店員洪亮的招待聲。

沒去坐吧台，而是被領到店內有坐席的位置。母親點了「特級上等」壽司三人份和一瓶啤酒。

「先前每次都是去吃迴轉壽司，今天到這裡來，發現你們也都長成大人了嘛？」

雖然桌上有三只啤酒杯，母親卻只斟了自己的。

「你們喝茶就可以了吧？來，乾杯！」

母親在輕碰過裝有啤酒的杯子之後，就喝了下去。

沒多久，壽司就送來了。

壽司飯上面滿載著鮪魚肚、鮪魚、花蝦、鮭魚子、鯛魚、赤貝、鮭魚、煎蛋等，但卻沒什麼食慾。在寺廟裡沾的香灰味，依舊殘留在衣服上。

蜜琪將筷子伸向又肥又紅的鮪魚。
隔壁的茱莉亞則小聲地「呃……」了一聲。
她一邊皺著眉頭，一邊作嘔，將食物吐到嘴外。
「這個，真的是鮭魚嗎？」
母親咀嚼著壽司，皺起眉頭說：
「最近不是很多都這樣造假嗎？這個究竟是不是真的鯛魚也很可疑。」
只夾白肉魚的母親，將魚肉湊近鼻子嗅了幾下，確認味道。光看著那鼻孔張張縮縮的翕動，更沒食欲了。
不吃的話，這場飯局就沒完沒了，更別說離開現場。所以啦，還是趕快吃吃掉吧。
配著綠茶，把鮪魚吞下肚去。
把服務生端出來的，全都吃掉。
外婆一定會這樣示範的。
而今天是那位祖母的週年忌。
茱莉亞像是苦行般將壽司塞入口內。
「我還小的時候，是絕對不被允許表現出什麼喜惡的。那個人哪，對於吃飯，嚴格的簡直像神經病呢！」

這樣說著的母親，在盤中留下了三坨壽司飯。

母親從以前就時常光撿壽司的配料搭啤酒吃，所以時常會剩一堆壽司飯。小時候看還不覺得怎樣，現在看到她吃剩的東西只覺得很骯髒。

料理教室的人是絕對不會做出這種事情的吧。

自從去了料理教室，和不是家人的同學同桌吃飯之後，才漸漸感覺到母親弔詭的行徑。

「你們哪，實在是很幸福，自由自在地自己長大。這可都要感謝我哩！」

母親才說完，就叼了一根煙，點上火。

「按這價錢算起來，好像不怎麼樣欸。」

母親結了帳，走出店外後，一邊將錢包闔起一邊說。

「好不容易下定決心，給他點了個特級的說！」

不久到了剪票口，母親送他們兩位離開。

「再見啦，注意身體喔。」

最後倒講了些像母親的話，還揮起手來。

這時卻從鄰近處傳來喀嗤喀嗤的奇妙聲響。

原來是幾乎忍無可忍，滿面蒼白的茱莉亞磨擦臼齒的聲音。

坐電車的時候，茱莉亞仍不發一語。

只是有時會發出磨牙的響聲。

母親的一言一行，好像都恰好打在痛處上。

地方線的電車搖晃時，茱莉亞神色一直都痛苦地扭曲著，從脂肪間滲出的汗也涔涔冒著。看著這樣的茱莉亞，蜜琪真的感到十分痛苦。

新幹線一路向西前進，毫不迷茫的速度使人心曠神怡。

好像早點回到京都啊。

蜜琪由衷地這樣想著。

4

茱莉亞始終沒說話，像是被住家附近的便利商店吸進去似的走入店內。將塑膠製的購物籃掛在手腕上，在店裡邊轉過來又晃過去。走到零食的陳列架前，將手伸向零食包裝袋，一包一包地放入購物籃內。洋芋片、餅乾、煎餅、巧克力……選都不選，也根本沒想著要選。到底要吃哪一個，茱莉亞大概也不知道。只是把能夠吃的東西，一股腦兒地裝進籃內。

總是這樣。

只要回老家，就一定會重複出現這個行為。

忍耐著的負面情緒到達臨界點時，茱莉亞就會選擇暴飲暴食來疏散它們。嘴巴毫無間歇地塞著東西，彷彿要將空虛感填平似的。

這就是茱莉亞處理感情的方式吧。

就是要吃到這麼異常的程度，才能保住心理的平衡。

茱莉亞不會給任何人看見她暴食的樣子。彷彿負傷的野獸似的藏起來，自己一個人躲在房間內，一個勁兒地咀嚼。

撕開包裝的聲音，咬碎硬物的聲音等，雖然能夠透過紙門聽到，但最後蜜琪能看見的只有包裝的殘骸而已。足可將整個購物袋塞滿的食物，隔天早上就全都變成垃圾。

再怎麼吃，也無法填平。

但是無法不吃。

這一連串的行為結束後，茱莉亞總是悔恨地苛責自己。

蜜琪深知茱莉亞受苦的始末，卻無法為她做任何事情。

但是，現在的話……

茱莉亞站在冰箱前，準備伸手去拿一款包裝得很誇張的布丁。

等到茱莉亞意識到時，自己的手腕已經被蜜琪抓住了。

茱莉亞的臉上浮現了十分驚詫的表情。

「不要這樣啦！」

蜜琪老實地說出自己的感受。

「我不想要姊姊吃這些有的沒的的怪東西。」

要是放著不管的話，茱莉亞又會把所有種類的布丁和優格放到購物籃裡，再買一堆可微波加熱的義大利麵與便當回家去。

「……對不起喔。」

茱莉亞很慚愧地小聲說到。

「沒有啦，沒關係的。」

到今天之前，蜜琪從來沒有阻止過茱莉亞。

原本他想，讓超乎常理的姊姊維持原狀，應該可以說是愛吧。

但是……

看著茱莉亞裝的購物籃，真的十分令人擔心。

都是些垃圾食物。高熱量、高糖、高鹽，營養也不均衡。

吃一大堆這種東西，不可能不對身體造成負擔。

最後，茱莉亞沒有另外再多買什麼，便離開了便利商店。

回到公寓後，茱莉亞再度躲到自己房間裡去。

茱莉亞手上提著的白色購物袋，裡頭塞滿了零食。

還沒有上料理教室之前，蜜琪只能徒然看著姊姊把自己關在房間裡。

但現在不同了。

「等等，我做些東西給妳吃。」

蜜琪一邊叫住茱莉亞，一邊想著：

要做些什麼好呢？家裡還有哪些食材可以用呢？

「我要換衣服了，幫我一下！」

茱莉亞雖然沒有應聲，還是很快地將吸飽汗的外衣換掉，走到廚房去。

蜜琪則是將黑色的靴子脫掉，在房間裡綁上圍裙。

看了一下冰箱，幾乎沒有東西了。既沒蔬菜也沒肉，因為先前要出遠門，所以整理冰箱時全丟了。不過，食物櫃裡面倒還有一些乾貨。

蜜琪取出上料理教室用的記事本，翻找起來。

愛子老師教的技巧，全都寫在上面了。

「好，就是這個！」

蜜琪一邊看著記事本，一邊把研缽從置物架上拿起來。

那是一只既深又大的研缽，缽的外圍上了茶色的釉料。

愛子老師以前有教過，選研磨的時候要選內弧較為凹深的，這樣搗碎的東西才不容易濺出來。蜜琪按此建議，在雜貨店買了個研缽。

在研缽裡面，窸窣地傾入一小袋的炒芝麻。

「……要試試看嗎？」

蜜琪面對將頭傾向一側的茱莉亞，點了下頭，並將研磨棒交給她。

「累了的話跟我說，我就和妳交換。」

研磨棒是用山椒木做的。緊緊握著的時候，心裡也多少會變得堅韌起來。凹凸有致的木頭紋理相當討人喜歡。

茱莉亞握著研磨棒，畫圓磨起芝麻。

在這段時間內，蜜琪又讀了一次記事本的內容，確認步驟。

喀哩喀哩，喀哩喀哩，喀哩喀哩……

芝麻的皮磨破後，香氣四散開來。

「行不通哪……」

茱莉亞一邊以帶有韻律的聲音磨著，一邊說。

「那個不叫乾杯吧？」

茱莉亞將視線轉回研缽裡，繼續說：

「畢竟是法會啊，是外婆的週年忌不是嗎？所以，怎麼會在那邊說什麼乾杯呢？要說的話，也是說敬一杯吧？那種時候還說乾杯，實在是有夠沒道理！」

茱莉亞把忍了好久的話一口氣全都傾吐出來。

「而且說起來，在這種時間點吃壽司，到底是在想什麼啊？肉啊、魚啊都是殺生，本來就應該要避免在法會這天吃吧？會有血腥味啊！而且竟然還在壽司店裡面抽煙，真教人不敢不敢相信！和那個人講常識，根本就是錯得離譜了！」

一邊說，一邊施加力量，使勁在研磨棒上施壓，將芝麻壓碎。

茉莉亞磨芝麻時，一旁的蜜琪在準備燉高湯用的東西。

昆布、乾香菇、乾蘿蔔和生腐皮，準備要煮一道味道素樸的湯。

「所以啦，我現在要做素菜了。」

蜜琪說完，茉莉亞將頭抬了起來。

「那麼，這芝麻就是……」

「要做胡麻豆腐的。我在料理教室學到的，是正統原汁原味的作法喔！」

茉莉亞的臉頓時變得相當興奮。

「哇，聽起來好好吃！」

「所以啦，芝麻必須好好地磨碎才行！」

「好，我會加油的！」

茉莉亞雙手緊握研磨棒，奮力地磨起來。

「那個人哪，根本一道料理也不會，像這種工具，老家一個都沒有。」

茉莉亞一邊動手，一邊說。

「我去料理實習的時候，總是覺得很丟臉哩。一般來說，都是在幫忙母親的時候，自然而然地學會做菜的方法的。可是我卻連食材的名字都不知道，甚至看也沒看過……」

在研缽內，芝麻粒隨著研磨變得愈來愈碎細。

「說起來，姊姊不是曾經在家政課學了馬鈴薯燉肉，而且還在家裡煮過。我記得非常好吃啊！」

「那個只是作業啦，說是請家人分享吃了之後的感想而已。但是那個人哪，整個就是很不樂意吃，真的是教人無法理解欸……」

母親不但不做菜，似乎也憎恨著一切在廚房所進行的行為。

「在家下廚這件事，多少都象徵著什麼吧。但那個人好像是拚命地不要與廚房有關係。」

對孩子們來說，是頂困擾的事。

「像笨蛋一樣嘛……但如果一直數落下去，似乎也不是辦法。」

「對啊對啊，現在就這樣，繼續做出好吃的東西來吧！」

在研缽中的芝麻已經被磨得相當細了。

一開始重濁的聲音，也轉變為柔細了。

淅瀝淅瀝，淅瀝淅瀝……

「手腕好像有點酸了……」

茱莉亞活動活動僵硬的肩膀，並轉轉手腕。

「真是一個不錯的運動哪！」

「給我，我來吧！」

蜜琪伸出手，從茱莉亞那邊將研磨棒接過來。

「等一下我跟你說怎麼做喔。」

蜜琪以左手掌心按壓住研磨棒的頭，右手握在稍低的地方，用極小的動作畫著圈。

蜜琪榨出芝麻油滴的時候，茱莉亞乘機休息一下。

將油從芝麻中榨出之後，就變得黏糊糊的了。

「這樣就可以了吧。」

芝麻由於黏度增加，沾附在研缽底，於是加點水使其溶融。

當水與芝麻充分拌勻之後，用薄布濾過並擠入鍋內。

鍋中加入與芝麻漿等體積的吉野葛粉，如果葛粉沒有全部溶解的話，會產生很差的口感，因此必須要在乳白色的液體內，非常仔細地將葛粉攪勻。

開大火，以木鏟充分攪拌。

此時葛粉會開始凝固。

將火轉小，用木鏟持續攪拌，一邊調整想要的凝固程度。

在鍋子還很燙的時候，先將模具放到湯汁裡去，再用冰鎮使其凝固。

整個冰透的時候，就將模具取出倒扣在盤子上，這便是胡麻豆腐。

「好棒喔！」

茱莉亞啪啪地拍起手來。

「好，請用吧！」

蜜琪切了幾塊，裝到小碟子裡遞給茱莉亞。

「我要開動了！」

茱莉亞張開大口，享用起胡麻豆腐。

「嗯，好好吃喔！」

「是吧！這有一半是姊姊的功勞喔！果然，只要多花點時間就會不一樣了！」

蜜琪滿足地讚許後，也將屬於自己的那份吃下去。

透過舌面滑溜的觸感，傳來芝麻醬獨具的風味。

從愛子老師那兒傳承下來的味道。

在這裡完美地再現了。

下廚這件事啊，就是自己吃的東西自己做。

從不知道，這樣竟然能讓自己的心神安定到這樣的程度。

也許，這就是孩提時代沒能從雙親那兒獲得的東西也不一定。

想起了愛子老師的一句話：讓自己為自己製造幸福，為此，現在，我們兩個人做了一道菜。

「也有湯喔！」

「哇！好棒喔！」

蜜琪將匯聚了乾貨的甜味而煮成的湯遞給茱莉亞。

愛子老師教的料理方法，已經成了支撐自己的核心。

如果能這樣正常地吃，也就能夠正常地生活了吧。

蜜琪喝著滋味四溢的湯，內心湧起這股難以動搖的意志。

第四章

日常茶飯

1

「難道，佐伯先生那個時代的人，就是會講出『欸，茶呢』這樣的話的嗎？」

蜜琪磨著聖護院蕪菁，提出了這樣的問題。

這是臘月一個莫名無法靜下心來的週六夜晚。

佐伯一如往常地到了愛子老師的料理教室，削著白蕪菁的皮。從春天開始上課，到現在已經八個月，用起菜刀變得相當熟練了。

在這個時間點，佐伯的妻子正在練習茶道。

妻子學茶道學幾年了呢？佐伯已經不大記得，但感覺已持續了相當長的時間。原本應該只有週間的白天會去，但為了考取更上一級的證書，週六也開始去參加研究會。

由於會在料理教室直接品嘗做出來的東西，妻子就不用特地再為佐伯準備晚餐。佐伯無法不吃晚餐，他曾和妻子說我們可以在外面吃吃就好了，「我覺得偶爾和工作以外的人講講話，可以協助我轉換心情。你既然都讓我去學了這麼個技能，在這段期間，你也可以去找一樣技能學學吧」妻子卻用這番有點難懂的道理，強硬地堅持這件事。

同樣是關西人，但佐伯是大阪人，妻子則是京都人。

他的妻子表面上嫻熟大方，看起來不像是會和丈夫硬碰硬的人，但其實細察之下，會發現她頗善於辭令。

佐伯將磨好的蕪菁泥放在撈網上瀝乾水分。

今天要做的菜是：蕪菁蒸馬頭魚。

馬頭魚又稱甘鯛，特別鮮甜，軟嫩的肉特別適合拿來清蒸。

佐伯因蜜琪的提問而語塞，這時愛子老師溫煦地笑了起來。

「蜜琪同學，你對婚姻生活很感興趣呢！但夫婦的相處模式，確實是有各式各樣的呢！」

「是啊，畢竟我還是晚輩，想多知道點東西。」

蜜琪附和道。

「我對愛子老師的事也很感興趣哩。愛子老師不是結婚了嗎？師丈現在怎麼樣了呢？」

愛子老師只是安穩地微笑，馴順地回答說：

「我想他應該在如茵的綠草之下看顧我。」

蜜琪一聽，滿臉「糟了！」的表情。

佐伯見狀，心想：喔？竟然知道綠草之下的含義啊。

蜜琪絕不是毫無教養的孩子。只是雖然常展現聰明向上的一面，平素相處時卻往往會表現出一副把學會的東西全都忘光光般的模樣，這對於佐伯實在太不可思議了。

參加料理教室已屆半年，卻從沒看見過愛子老師的其他家人，多少有察覺到愛子老師似乎有發生過某些事情……。

「原來是這樣啊，對不起，都是我問了奇怪的問題……」

在沮喪的蜜琪一旁的文森則接著說：

「日文稱呼已婚女性的詞彙很多，相當困難呢！妻子、新娘、太太、夫人等等。」

文森掐指頭算著說。

「在法文裡面，都怎麼稱呼和自己結婚的女性呢？」

蜜琪一會兒就又振作起來，抬起頭提問。

「Ma femme。直譯的話，約莫就是『我的女人』。在學日語的時候，雖然學到了『老婆』這個詞，但通常不大用。」

「有孩子的時候，好像也會叫『孩子的媽』呢！」

剝開百合根皮的智久也加入了話題。

「我的父親在夫妻吵架的時候會叫對方『我的媽』，然後就會被吼說『我才不是你媽！』」

「那些稱謂真的有滿多人討厭的呢。」

蜜琪說完，文森也附和道：

「因為太複雜了，才引發混亂。如果日本的每個家庭能夠都以最年幼的成員為基準訂立稱謂的法則，應該就容易理解多了。」

閒聊之中，不知何時文森已經將蛋白打發了。

「不愧是文森先生！蛋白霜對你來說真是易如反掌哪！」

愛子老師和善地笑著環視大家。

「蜜琪同學不用焦急。在蛋白中加入少許的鹽，再加以打發。此時務必要注意的，是如果打蛋碗或打蛋器上有殘餘的油或水的話，就會很難打發。打蛋之前先讓蛋回到室溫也很訣竅之一。」

愛子老師一一確認各個步驟進行的狀況，並著手準備清蒸用具。

「如果蛋白已經可以拉出尖角，就將瀝乾水分的蕪菁泥加進去，充分攪拌混合。」

蜜琪打蛋白的時候，佐伯則將馬頭魚、占地菇和百合根放到容器裡邊。

蜜琪卡掐卡掐地用打蛋器打蛋白，繼續和佐伯搭話。

「佐伯先生，你是否偶爾會叫太太的名字呢？」

看來還要繼續這個話題。

「你太太叫什麼名字啊？」

蜜琪的話激起了佐伯心中的回憶。

歌子。

佐伯夫人的名字叫做歌子。

但這個名字，現在已經叫不出口了。

對佐伯來說，妻子就是「妻子」。

和別人講話的時候，多半都稱她為「我太太」，而就算與她本人交談，也幾乎沒叫過她的名字。現在若要突然改用她的名字來叫她，實在太難為情了。

男人也有複雜的心理，有意無意之間，似乎會不想讓人知道自己的妻子的名字。佐伯自己也感到意外，但還是頑固地拒絕回答這個問題。

「我們家的事，怎樣都無所謂吧……」

「別這樣說，快告訴我嘛！」

明明想要中斷話題，不料蜜琪完全不吃這套。

最近的年輕女孩子實在是，該說是纏人呢，還是很積極，一點也不懂得節制……佐伯的內心這樣想著。

蜜琪第一次出現在料理教室的景況，佐伯還記得很清楚。當蜜琪得知週六的時段限男性報名時，一點都不壓抑自己的驚訝之情。但因為蜜琪也只有週六的這個時間有空，所以就直接報名參加了。

「蜜琪同學，還差一點點唷。」

聽到愛子老師這樣說，蜜琪又慌慌張張地用右手拿著的打蛋器打起來。

「是這樣的感覺嗎？」

半透明且柔軟的蛋白，變成了飽和的鮮白色泡沫。

「相當鬆軟了呢，我想這個程度應該差不多了。」

把打蛋器從打發的蛋白中拿出來時，蛋白的中央被拉出了一個尖角。

蜜琪看到，高興地歡呼起來。

「哇！真的有尖角站起來耶！好有趣喔！」

蜜琪的反應多少有點誇張，不過確實也讓現場的氣氛變得更開朗了。

「把蛋白和蕪菁泥充分混合之後，請裝入蒸籠內。用中火蒸個十分到十五分鐘即可。」

「愛子老師，我有問題！」

蜜琪把手高高舉起。

「蕪菁、大頭菜，是不一樣的嗎？」
「是一樣的喔，蕪菁是稍微古老一點名稱，現在也有很多人叫它大頭菜。」
文森接著愛子老師的話頭說：
「日本不是會用『蘿蔔演員』來形容演得很爛的演員嗎？在法國，很爛的演員或歌手，就會被稱作蕪菁。」
「看來有些意象是很相似的呢！」
智久在馬頭魚上灑鹽一邊說：
「蕪菁也可以被稱為『菘』，是春天的七種花草之一。」
愛子老師笑著點點頭說：
「你知道得真清楚呢！是的，七草粥所用的菘，指的就是蕪菁。」
這時蜜琪將身體前傾問道：
「先前有講過關於秋天的七種花草呢！春天的也告訴我一下吧！」
「芹、薺、鼠麴草、雞腸草、稻槎草、菘和白蘿蔔，就是這七種。」
愛子老師彷彿吟詠似的，帶著韻律將春天的七種花草列了出來。
「芹、薺……」
因為蜜琪全神貫注地將這些寫在記事本上佐伯得以喘口氣，臉頰放鬆了下來。

不管是料理的方法，還是閒聊，蜜琪總是熱中於求知。

雖然自己拒絕回答蜜琪對私生活的提問，但靜靜地從旁邊看，又會對他的熱情報以微笑。

在蒸熟蕪菁泥的時候，佐伯開始製作餡料。舀了點昆布高湯，加入酒、味醂和醬油，摻入葛粉，使其變成膠狀。

東西蒸熟之後，將這個點綴在上面，再添上幾許現磨的山葵，這道菜就完成了。

今天的菜單是：蕪菁蒸魚、羊栖菜飛龍頭[1]、醋拌芋莖和糖煮菜豆。

醋拌的小菜拌好之後，將糖煮菜豆的火關掉，並試了一下味道。

「最後，就是要來炸飛龍頭了。只要將料理筷伸到油裡面去，觀察冒泡的樣子，就可以得知油的溫度了。」

愛子老師一邊將料理筷插入油中，一邊說明。

「若冒出這麼細的油泡，就表示現在能慢慢將東西炸熟不用擔心焦掉。小心不要讓油四處亂濺喔。用稍低的溫度，慢慢地炸到淺褐色。」

飛龍頭，感覺是去豆腐店才能買到的東西，佐伯沒想到其實作法那麼簡單，因此嚇

1 飛龍頭，日本傳統豆腐料理，將豆腐與切碎的青菜和在一起，下鍋油炸。

了一跳。

「嗚哇，看起來好好吃喔！」

蜜琪兩手環抱胸前，陶醉地說著。

「關東稱這個叫做『素雁』[2]呢！可以自己親手做這個真是太感動了。」

「其實不加蛋也可以，不過今天我們會加入蛋黃，這樣剛剛做的蕪菁蒸馬頭魚時用剩的蛋黃就不會浪費了。」

飛龍頭的香氣四溢，十分適合當下酒菜。

趁著東西還沒冷，趕快裝盤就端到餐桌上了。

「說起來，下週就是聖誕夜了呢！」

智久被蜜琪這句話嚇了一下，咳了幾聲。

「怎麼了？真淵先生，我是不是講了什麼讓你不舒服的事？」

「沒有，沒這回事……」

「既然你和女朋友都這麼順利了，今年的聖誕節不就整個是love love了嗎？」

「沒有啦，她好像很忙的樣子，所以拒絕我的邀約了……」

蜜琪看見智久有點落魄的樣子，帶著同情的語氣說：

「原來如此，真可惜啊。雖然開始交往了，卻沒辦法在兩個人一起過第一次的聖誕節，好像有點危險耶！」

蜜琪才講完，文森就睜大著眼睛說：

「這可是很嚴重的問題喔！在聖誕夜當晚一起過夜，對女性來說是十分重要的事呢！以前工作的時候，因為聖誕節不能休假，所有和我交往過的女孩子都為此相當不高興呢！」

「對甜點師傅來說，聖誕節是最賺錢的時機嘛！」

文森對蜜琪所言大表贊同。

「像下週我可能就無法來料理教室了。哎呀，現在這家店所準備的聖誕甜點不是做好放著的，賣光了的話就麻煩了。看來啊，這個十二月將會是我有史以來最可憐的日子。」

「你剛剛說『之前所有的戀人』，這也就是說，文森先生你現在交往的人和這些人都不一樣嗎？」

文森不經意的一句話，蜜琪竟然機靈地捕捉到了。

「嗯，對啊，是非常獨立自主的女性，她相當專情於工作呢！正因為我們雙方都很

---

2 素雁：原文為「雁擬き」，意指飛龍頭的口感與雁肉特別相似。

忙，難得能共度時光的時候，都是乾柴烈火哦！」

文森毫不難為情地回答著。

「哇，吃得好飽喔！」

蜜琪極為很有戲地雙手合十，然後歪頭看向智久。

「我還是很在意真淵先生和他女友的事情耶！在聖誕節，比起戀人更重要的事，到底是什麼呢？」

「聽說是每年聖誕節當天的工作結束後，會去兒童療養院當志工，讀繪本或者是講連環畫故事給小朋友聽呢！」

「她真是一個好棒的人！」

「是啊，而且，正因為聖誕節見不到彼此，所以我們正在計畫年節假期要一起去哪裡玩的事情呢……」

「什麼嘛，搞半天根本是很順利地進展著，害我白擔心。」

蜜琪用毫不遮掩的冷淡語氣說完，又轉頭看向佐伯。

「佐伯先生，你有準備給太太的聖誕節禮物嗎？」

終究，蜜琪還是把話題轉回佐伯的妻子上了。

「沒啦，這種事我根本沒做過。」

「嗄！好過分！不過既然都聽太太的話，乖乖跑來上料理教室了，應該是很好的丈夫才對。那你有把在料理教室學到的東西帶回家，做給太太吃嗎？」

佐伯抓不到蜜琪要講的事，頓感困惑起來。

到底這個人是想要問什麼咧……？

「沒啦，做菜都只有在這裡而已啊。正好是因為週六晚上我太太也會出門，所以我才到這裡來的。因為家裡沒晚餐，所以就在這邊吃一吃。」

「喔？原來如此，那，你太太是去做什麼了呢？」

「去練習茶道了，話說，你為什麼對我們家的事那麼關心呢？」

這次由佐伯提問，蜜琪露出了有點羞赧的微笑。

「因為我的父母離婚了，所以對和他們年齡相仿，又相處融洽的夫妻，感到十分好奇。」

蜜琪坦蕩蕩地說著。

「你看嘛，最近中年離婚的案例不是很多嗎？老是與工作周旋，對家裡的事絲毫不關心的男人們，都是在某天突然收到離婚申請書的時候才慌了手腳……先前得知，佐伯先生家連年菜都沒有在做，就很擔心。但是，佐伯先生大概不要緊吧，畢竟有在上料理教室，所以就算離婚了也不會很麻煩。」

蜜琪說完，智久一邊苦笑一邊看著蜜琪說。

「哎呀，蜜琪同學，你這樣說，簡直像是在講他太太正在為離婚一事鋪路，才要佐伯先生來上料理教室的嘛！」

「嗄？是這樣嗎？真不好意思。」

蜜琪煞有介事地聳了肩膀，然後就動筷子夾了一粒菜豆吃。

「佐伯太太的目的，應該並非單純是要左伯先生來上料理教室而已吧。如果會做菜的話，就可以偶爾請他幫忙做家事啊，或者是從而理解做家事的辛勞之類的，她應該是這樣想的。」

聽到蜜琪這樣說，佐伯試著以妻子的角度來想。

妻子起初提到去上料理教室的事時，其實根本沒讓我有拒絕的餘地。

至今為止從來沒有拜託自己什麼事的妻子，突然間說有一事相求，想說聽聽看是怎麼樣的要求，竟然是想要自己去料理教室上課……找到愛子老師的料理教室的，也是妻子。她說服我說這個班級是限男學生參加的，而且申請手續和月費等等妻子也都一手包辦了，不知不覺我就得來這裡上課了。

一開始只是覺得困惑，但毋寧說，沒想到妻子可能是別有居心的。

妻子在考慮離婚的事情嗎……？

想到這個可能性的時候，佐伯的腦海中浮現了某個記憶。
那是一只奶油色的旅行包。
那是妻子還單身的時候用的，已經很久沒有看到過了。這麼久的時間都從未看到的旅行包，卻以打開著的狀態，放在衣櫃的一角。
可能是計畫著什麼旅行吧。
大約一個多月前，佐伯看到了那只旅行包，心中有點疑惑，但是並未向妻子多問什麼。
從那以後，也沒對這件事多留心，但現在，卻重新開始考慮那只旅行包的意義。
妻子是想要離開家了嗎？
怎麼可能會有這種事……
佐伯的臉抬起來時，完全掩飾不住內心的動搖。
視線自然而然地，飄向了愛子老師那邊。
愛子老師給了個安穩的微笑，並對此說了這番話：
「思念對方的心情，是與味道相連的。若讓你的夫人嘗嘗你的手藝，那麼蘊含其中的心情，不就也可以傳達給她了嗎？」
面對愛子老師謎一般的話，佐伯感到更加混亂了。

2

即使聖誕節到來，佐伯也不會特地意識到。

一如往常，早上起床，首先在佛龕前合十默拜。

裊裊線香的旁邊，有供奉的飯和熱湯的水氣。妻子每天早上，都會將剛煮好的飯拿來供奉。香和水氣，就是佛陀大人的吃食，這句話似乎在哪裡聽到過。

那幀遺照裡的岳父，和生前一樣擺著嚴肅的表情，凝視自己。

現在這時代的人多半都是稱妻子的父親為「舅」或者「義父」，但對佐伯來說，「岳父」是最適合對方的了。既高又險，使人仰望，又使人想挑戰。

妻子家代代都是金屬工藝師，岳父打根底就是個專業的師傅。

單純的一片金屬板，經岳父之手打造後，便會成為精采的作品。運用各色鑿子與槌子，在一陣玲瑯鏗鏘的響聲後，金屬的表面就雕出了美麗的花草與動物，令人歎為觀止。

佐伯是作為贅婿，入贅到妻子家裡的。

由於家族事業的關係，中學畢業後就沒再進修，直接到了大阪的機械工廠，擔任車工。在切削鐵片的過程中，他漸漸對傳統的金屬工藝品產生興趣，並獨自學會了金屬雕刻的技術。此外，假日還會去逛逛美術展覽，收集一些古書。孜孜矻矻做成的錫雕花盤入選了工藝展，以此為契機，便轉行到了錫製品的製造業。

雖然產品的外觀是已經設計好的，但是能將千變萬化的錫，透過一步步的熔融、凝固、敲擊，製作成酒器、茶器、盤、缽等，這些得以親手操作的性質和他的個性很合。比起巨大物品的加工，佐伯更喜歡與他粗大的骨架不相符的，細緻玲瓏的精細工藝。

有一天，平常很照顧自己的上司，把一位人物引薦給自己認識。

那是一位在工藝展擔任審查員的金屬工藝師，與佐伯的上司是舊識了。

在聚餐後，對方和他說：

「要不要來我們這邊？」

他想，這是第一次被挖角。

自己的技巧被賞識，得以成為入門弟子，這可是求之不得的呢！

但接下來的話，卻與他所想的相去甚遠。

「我想為我女兒找個伴。」

於是，佐伯就去相親了。

當對方把即將成為妻子的女性介紹給自己的時候，佐伯還覺得對方很耀眼，根本無法與其四目相對。

楚楚動人的風情，透著洋溢四處的美。

對方是一位只消淺淺一笑，就能放出壓倒性的光輝，一舉更動整個空間氣氛的女性。

在相親時的席次上，佐伯在穿戴上還特別用心，從衣服堆裡選了最好的西裝，但在見到身穿一襲華麗禮服的對方的瞬間，仍深感自己與對方天差地遠。

我這樣的人，哪裡配得上這位千金小姐……

雖然如此，在相親之後，卻也沒有遭到拒絕，反而更進一步談了訂親的事。

妻子比佐伯大了兩歲，由於在當時這年齡算是晚婚了，對方也許十分心焦。

結婚之後，暫時住在妻子的娘家，每天通勤前往製錫公司上班。不久，岳父就讓佐伯開始協助他的工作。

岳父從事的，除了製作神社佛寺所需的金屬飾品之外，還有藝術性較高的裝飾品，以及文化財產的修復等工作。他不但擁有卓越的技術，也不懈怠於精進，完全配得上大師的稱號。

佐伯不管是作為一介工匠，還是作為一個平凡人，都對岳父抱著憧憬之情。

但是，對於妻子，卻始終不知如何是好。

雖然這個時代，雙親替孩子決定婚姻對象並非什麼稀罕的事，但妻子究竟是抱著怎樣的心情呢……？

將佛龕的蠟燭捻熄後，佐伯站起身來走向餐桌。

他們曾經有一張很大的和式矮几，但數年前重新裝潢時，將之換成僅容四人坐的餐桌。

早餐準備好的時候，佐伯就座，妻子拿碗盛飯。

剔透的白飯配上有豆腐的味噌湯、煎蛋捲、醃蘿蔔和山椒炒小魚乾。

雖然每天早上都是一樣的早餐，但因為想起了過去的事情，胸中油然升起一股新鮮的喜悅。

對於每天早上，對方總是準備好早餐的感激之情……

「你在想啥？」

妻子解下圍裙，將頭傾向一側問到。

「只是發呆了一下，好，來吃唄！」

在妻子的催促下，佐伯將手伸向筷子。

「嗯，好。」

佐伯開始動筷後，不經意地露出笑容，妻子也在對邊坐了下來。

絕對不比丈夫先用膳。在任何場合，都若無其事地站在丈夫身邊，絕對不讓身為入贅婿的佐伯有任何不自在的地方。

真是好妻子。凡是考慮周到，而且只是穿著和服在路上走，就會讓偶然途經的觀光客要求與她一同照張相，她就是這樣的一個美人兒。

不過妻子的美麗之中，也藏著她的羞澀。

一般做丈夫的，都會感嘆妻子隨著年齡的增加而產生容貌上的變化，但佐伯卻因此安心下來。

現在的妻子與剛見到時相比，胖了相當多，豐厚的黑髮和豔麗的姿態也不再，但是讓自己那麼熟悉的存在，因而感到相當安心。

要說對妻子感到不滿，是一次也沒有的事。

但這件事，對方是否也是這樣想的，就無從得知了。

妻子喝了一口味噌湯，就輕輕皺了下眉毛。

「我是不是加太多味噌了？」

妻子把臉從湯碗上抬起來直視佐伯，並追問道：

「欸，不會太酸嗎？」

「不會啊……」

佐伯語塞了。

並非感覺不到味道有變，確實味噌湯的味道比平常來得更濃烈，但卻不敢說出口。

對吃的東西挑三揀四很不像話，這想法已經深深地印在身體裡邊了。

有時菜也會很簡陋，讓人吃得不太高興。

但是好吃或不好吃這種話，他是不會說出口的。

正因為對「食物」本身抱著一種執著的態度，所以更會恥於說這種話。

「想煮兩人份的湯，結果一不小心加太多了……煎蛋捲還好嗎？比平常更鬆軟一點吧？」

「這我不清楚。」

「討厭啦，做菜給你吃真不值得！」

妻子雖然用執拗的口氣說著，臉上卻浮出了微笑。

「這是祕方喔，在蛋捲裡加點美乃滋。先前茶道的朋友告訴我的。」

「哦？是這樣啊。」

「真沒趣。我還想說你去上了料理教室後，應該會對這個有點興趣才對。」

一說到料理教室的事，佐伯就想起昨天蜜琪講的話。

妻子看起來和平常沒什麼兩樣。

愛子老師那番彷彿蘊含深意的話，佐伯完全無法理解。

什麼都沒有變啊。

說妻子內心可能有在考慮離婚什麼的，根本看不出來。

「因為只有兩個人，所以味噌減少得很慢呢。」

妻子用著彷彿有點寂寞的語氣囁嚅著。

佐伯在與對方共進早餐的同時，又開始回想起來。

在婚後不久，妻子的妹妹也還與妻子及其雙親住在一起。

他們生了第一個兒子後，家裡變得更熱鬧。等到兒子長到可以到處走的時候，妻子的妹妹就嫁到神戶去，而他們則有生了第二個孩子。

在工作上埋頭苦幹，漸漸將岳父的技術轉變為自己的技術的過程裡，長子上了中學，年號從昭和換成了平成，岳父岳母也相繼過世。岳父過世之後，佐伯一時之間進入了恍神狀態，在茫然若失的佐伯身旁，妻子堅忍地將喪葬儀式的事情一肩挑了起來。

一家四口生活數年之後，長子進了大學，搬出家裡。原本住在家，每天通勤去京都的大學的次子，今年春天也入了社會，開始獨立。現在，長子在東京，次子在新加坡工作。兩人似乎都無意繼承家業。

若讓兄弟中的某一個開始對家業開始產生興趣的話……雖然在心底的某處，始終有這樣的想法，但到最後，他覺得最好的答案，還是讓他們去做他們自己想做的事。

育兒的事，他全權交給妻子。正因為信賴，所以才願意完全交給她。而當他自己在和岳父學習工作內容的時候，妻子也在家中確實地將孩子撫養長大了。

仔細想想，只有妻子和自己的日子，其實是現在才開始的。

New Family或者核心家庭等流行的詞彙，原本以為是和自己生活無關的事，結果不知不覺之間，就與妻子過上了只有兩個人的生活。

先前，兩個人對話的內容，多半都是關於孩子的事。

兩個孩子獨立之後，一時之間兩個人的生活顯得很生硬，好像有哪裡讓人覺得難為情。

不過倒也漸漸地習慣了兩個人的生活。

與孩子在家的時候不同，就算對話不大對得起來，這樣的生活也意外地舒適。

「要不要再幫你添碗白飯？」

妻子在杯中倒了烤茶，一邊問到。

「不用了，我飽咧，讓妳費心啦。」

妻子是岳父將近四十歲的時候才生的，是特別悉心拉拔大的。甚至有幾度聽到別人半開玩笑講說是「養在深閨人未識」。其實是和另一任妻子所生的小孩。

妻子度過的孩提時代，和自己應該截然不同吧。

佐伯可以算是「營養不良兒」。

這個幾乎已經沒有人在講的詞語，拿來形容自己的少年時代是恰到好處。

看著現在空了的碗，佐伯深深感覺到生活的幸福。

每天都可以吃自己喜歡的白米飯，這在他小時候是完全不能想像的事。

佐伯和生父處得很不好。

既任性，又粗暴，一點都沒有擔起作為大人該擔的責任，是個不像樣的父親。說得難聽點，佐伯的父親就是個「混江湖」的。

像個鬧脾氣的小孩，只是身體比較大而已。

收集鐵屑掙點當天的飯錢，撿被丟棄的菸蒂來抽，喜歡吃燒烤的內臟，喝廉價的酒，臉總是紅通通的。稍有不順心就四處大吼大叫，好幾次與人暴力相向，幾乎沒有什麼他順心的時候。父親是戰爭中的孤兒，被含辛茹苦養大的。他對擁有權力的人的不信任，對神祇或國家的抱怨，已經在他胸中滾成了漩渦。

關於孩提時的記憶，佐伯一次都沒和妻子說過。

那是他不想給別人知道的過去。

家計大部分都是買酒的錢，幼年時的佐伯總是餓著肚子。

為了緩解飢餓，只好在小學的校園裡喝自來水，喝太多了，都聽得到胃裡水花震盪的聲音，相當悲慘的回憶。同學們的父親由於乘上了經濟起飛的大浪，會買給他們一些可以在學校炫耀的西洋點心或文具。但佐伯的父親只是一味地恨著世界，讓整個生活沉到谷底。當佐伯升上中學的時候，父親因為酒精中毒死了。

佐伯對父親，連塵埃般的尊敬都沒有。

另一方面，又從岳父那兒得到了身為專業技師的堅持形成的頑強生命力。

佐伯因為與岳父相遇，找到了精進的道路。

為了更接近岳父，所以拚命地累積努力。

到現在，他的眼中依舊只凝望著岳父。

甚至連身旁的妻子，他都沒瞧上幾眼……

3

妻子洗碗的時候，佐伯看起了報紙。
耳邊傳來水流動的響聲，眼前溜過一行一行的報導。
「下午要不要一起出門去？」
水聲停止時，佐伯走到妻子背後說。
妻子將洗好的碗放好，用抹布擦了擦手後，回說：
「出門？去哪兒？」
「我在料理教室認識的一個法國人開了一家蛋糕店呢！」
「蛋糕店？蛋糕店的名字叫什麼呢？」
「叫什麼來著？披薩，還是『駱馬』之類的那種名字吧。」
佐伯說著拿起錢包，裡面裝著先前文森給他的ＤＭ。
「就這家。」

「哇喔，好美的店！」

妻子一看到ＤＭ瀟灑的設計，就叫出聲來。

「喬潔？什麼嘛，和你說的名字完全不一樣嘛。」

一邊笑著將ＤＭ還給了佐伯。

「這不是讓人外帶的那種蛋糕店，而是咖啡廳喔。因為在西陣那附近，今天又是終天神祭[3]，我們早點過去，順便去天滿宮參拜吧。」

「好啊。」

「午餐之後再出發對吧？」

「就這麼辦吧。」

「我準備要煮烏龍麵。」

「好。」

妻子哼著歌，將洗好的衣服晾乾。房間傳來吸塵器在運轉的聲音時，佐伯剪了剪指

---

3 終天神祭：特指北野天滿宮的宗教活動。北野天滿宮所供奉的菅原道真公，於二月二十五日辭世。因此每個月的二十五日為天滿宮天神的顯聖日（緣日），其中十二月二十五日為年末的最後一個顯聖日，特稱為終天神。（隔年一月二十五日為初天神）

甲，然後斜躺在客廳看電視。

可能是平日工作太過集中於緻密的作業，休假日一到，就無所事事地打混。

妻子正在做著家事時，打個小盹，就覺得安穩的幸福洋溢。

但是這一切，也許都建立在妻子的犧牲與忍耐上面。

料理教室的一番對話，向魚刺一樣刺著心底某個角落。

希望讓自己了解家庭主婦的辛苦之處……嗎？

現在的夫婦，都把分擔家事當作理所當然的事情。

但是現在才特地要跑去幫忙，實在太難為情了。要幫什麼，怎麼幫，也都毫無頭緒。

再加上妻子原本就不大需要自己的幫忙。

到最後，佐伯還是沒和妻子說什麼，繼續打盹。

休假日充分地享受打混，不知不覺間，差不多要吃午餐了。

吃完熱騰騰的烏龍麵之後，準備出門。

佐伯只需要披件外套，幾乎不花什麼時間，但妻子準備的時間得讓人等上好一陣子。

化妝，綁個頭髮，穿著桔梗色和服的妻子，終於從二樓走下來。

「雖然有出太陽，但新聞說風很強，所以帶著這個比較保險。」

妻子拿了薄的袖筒和稍厚的披肩，站在鏡子前面端詳。思索了一會兒之後，選了淺墨色喀什米爾的披肩，和柔軟的羽織。

「真難得，你竟然在休假日說要一起出門，如果能不下雨就好了。」

妻子笑著仰頭看向天空。

搭室內公車，在北野天滿宮站下車。

因為是週日，宮內十分熱鬧。

參訪步道由兩側顯聖日才有的攤販夾著，大量的人群在其間穿梭。

「一年又過了，實在是過得好快啊。」

妻子為了避免走散，便靠近佐伯一點兒，有感而發地說。

北野天滿宮每月二十五日都會在京都市內舉辦慶典，其中十二月二十五日的特別稱為「終天神」。販賣注連繩、荒卷鮭魚和餅花等年節用品的店一字排開，儼然年末的氣氛。

「我們要先參拜對吧？」

「是啊。」

「哇，這邊也好多人哪！」

看見通往大殿的路排著長長的隊伍，妻子的眉頭皺了起來。但是又不能沒到天神面前合十拜拜，就逕跑到攤位去蹓躂。於是和佐伯並肩，無論如何先拜過了。

「若有漂亮的沾麵用醬碗就好了。」

妻子探著頭，左鑽右竄地在人群中前進。

「對了，也買些七味粉回家吧。」

蘋果糖、炒麵、膨糖、京都醬菜、蒟蒻和雞蛋糕……雖然經過很多家賣吃的攤販，但其實沒有買什麼東西。自己還小的時候，會想買各式各樣的東西吃，現在佐伯一邊走卻一邊抵抗著吃東西的欲望。

逛了一下樹苗、花、盆栽等店，真正能引起妻子興趣的，還是陳列著生活雜貨、茶器以及和服的店。

妻子在堆積如山的和服、腰帶和裁布中間挑撿，沒有挑買三份就打折的那種，而選了用色紙包起來的布料。

色紙上鏤有窗孔，窗孔中可見上好的絹透出薄紅梅色。

「哇，好美的顏色。」

打開色紙後，乃是具高級織紋的鮮豔的綃[4]，恬適的色澤恰合妻子的意。

「太太，那個很值錢的哪！」

店老闆坐在低低的椅子上，開口招呼。

「掛在那邊的絹哪都是給年輕人看的唄，這種好東西啊，就適合太太呢！」

「但是，這邊的腰帶也好美喔……」

一條手感好又樸素的絹織腰帶，也讓妻子看上了眼。

「怎麼辦好呢……老伴啊，這些真的都好棒喔，我好困擾喔！」

妻子用徐徐的語調，將和服和腰帶拿起來比了半晌，

「要選哪個好呢……」

不久，店老闆有點心焦地說：

「兩個都要的話，一起算，算你這樣好不？」

老闆翹起一根食指。

「多謝您啦。」

妻子盈滿著笑意，把錢付了。

---

4 綃：原文為「綸子」（りんず），與用精煉、脫膠後的熟絲織成的緞不同，乃是用生絲織就之後，再行精煉、脫膠與染色。質地較緞更滑軟，適於用在女子社交用的和服上。中國稱生絲織成的布料為綃，如白樂天《琵琶行》：「一曲紅綃不知數」。

善於面對人群的妻子，完全能夠自食其力呢。

佐伯內心一浮現這個想法，愕然一驚。

到今天之前，從來沒有想像過妻子有一天會獨自生活的事情。

妻子一直在自己身旁，每天為自己做飯，總覺得理所當然。

但，萬一……

就算只有萬分之一的可能性，若是真與妻子離婚的話，該怎麼辦才好呢？

但若她本人想獲得自由的話，那……

在這種前提下，對方至今都已經為自己盡心盡力了，我應該乾脆爽利，毫無廢話的答應，才能顯出男人的氣度吧。

雖然一點兒都不想去想與妻子分開的事情……

此時，妻子正在各家攤販彎著腰東看西看，裝在桐木盒中的漆器、乳白色的玻璃器皿、繪有傳統圖案的醬料碟等等，她一個一個挑著看。

「大豐收大豐收，雖然來遲了點，但好東西還是很多呢！」

「你買得真多啊！」

佐伯伸手將妻子手上的購物袋提過來。

「哎呀，你今天溫柔得很詭異啊。」

妻子用逗弄的語氣，直盯著把購物袋提走的佐伯。

「……難道，你已經猜到了嗎？」

「什麼事啊？」

佐伯一臉詫異，將頭傾向一側。

「不，沒什麼事。」

妻子一個滴溜轉過身去，走開了。

他皺著眉頭，亦步亦趨地跟著。

佐伯留意到有些隨意放置的甲冑一類物品，從一家攤販的旁邊突露出來。

似乎是賣些金屬加工品的攤子，如刀劍、印籠、鐵罐和火盆等等。

散發著厚重感的甲冑，大概是鎌倉時代的吧。因為到了江戶時期就增加了許多裝飾，較為強調美感的展現。

邊想著這些，邊鑑賞著那副甲冑，一個不注意，才發現身旁已沒有妻子的身影。

他慌張地四周張望搜尋，卻被擾攘的人群所阻，找起來十分困難。

她是先往前走了嗎？還是說，是把我丟在這兒呢……？

究竟去了哪兒呢？四處逡巡著，突然一身桔梗色的和服映入眼簾。

佐伯撥開人群，挨近妻子身邊。

「妳去哪裡了呀？」

自己不經意地露出十分不快的語調。

「抱歉抱歉，因為忘了買七味粉，所以才跑去那邊那家店買。」

妻子若無其事地回答。

「時間差不多了，我們該去那家店了吧？」

佐伯怕再度與妻子走散，就抓住妻子的手往前走去。

「呵呵，怎麼搞得像約會似的哩。」

出了宮廟外，按照DM背面記載著的地圖往文森的店出發。這點距離的話，與其等公車，走路過去應該更快些。

走了一段時間後，抵達一處殘留著古老建築物的地方。

「啊，是這兒吧。」

遠遠地看，不知道為什麼就能感覺到：那兒有一家西洋甜點店。

從昔日町屋改建成的咖啡廳前面，並排著橄欖樹的盆栽，庭院洋溢著彷彿法國南方的盎然綠意。

以藤蔓裝飾的鐵製招牌上寫著「Josée」，雖然原本打定就要進去，但途中佐伯站住了。

入口處貼著一張紙，寫著「今日預約已滿」的字樣。
「哎呀呀，好不容易都來到這兒了！」
妻子注意到紙條，沒趣地說。
透過窗玻璃看進去，許多的女性顧客正坐在蛋糕碟前，露出幸福的表情。
文森忙得昏頭轉向的景象，也可以在牆縫間瞥見。
「那個人，就是你在料理教室結識的人嗎？」
「喔，是啊。」
「好俊哪，簡直像電影明星。」
文森全神貫注在工作上，完全沒注意這邊的狀況。
與料理教室愛耍嘴皮的模樣截然不同，臉上充滿認真的神情。
「仔細一想，今天是聖誕節呢！」
妻子輕輕地聳肩膀說到。
「蛋糕店今天會擠滿人是當然的嘛，我們下次再來吧，下次一定要記得預約喔。」
「就這麼辦吧。」
今天雖然沒能嘗到蛋糕的滋味，但看見文森的店這麼熱鬧，佐伯已經很滿足了
文森和智久在料理教室結識，並將店的改裝工作委託給智久。文森灌注了多少的夢

想和熱情在自己的店上，而智久在工作上費了多少工夫，這些都是在每週上料理教室的時候，自然而然就得知的事。雖然中途好像有些不順心之處，無論如何最後還是成功開了一家店。佐伯聽過此事的原委後，現在看見這家店那麼順利地經營著，覺得像自己的事一樣開心。

「回去吧？」

「好啊，也變冷了。我覺得有點兒累呢。」

妻子整了整喀什米爾的披肩，輕輕地吐了口氣。

可能是因為覺得冷吧，肌膚顯得比平常還要白。

公車站就在咖啡廳附近。

站著等待公車的時候，妻子沉默不語。

太陽西沉，周圍黑暗涼冷的空氣逐漸向四方蔓延。

一上公車，佐伯就開口說：

「晚餐我來做吧！」

「為什麼？」

妻子用驚訝的眼神盯著佐伯。

「突然之間說這種話，怎麼啦？」

「妳既然都累了，就得休息一下才好。」

「真的嗎？」

「對啊，交給我吧。」

「嗯，那就交給你啦！」

妻子一邊笑，瞅著佐伯的臉。

「就讓我看看你的厲害吧！」

公車靠站一停，恰好有座位空了出來。佐伯讓妻子坐下，自己則拉著吊環。因為聖誕節的緣故，窗外流逝的景色中，霓虹的光輝顯得特別燦爛。

公車搖搖晃晃的過程中，妻子好像有點打瞌睡，不一會兒就到了家附近的公車站。

「要下車了喔。」

佐伯叫了妻子一聲，兩人一同下車。

「家裡有哪些材料啊？」

佐伯一邊走一邊問妻子。

「燉煮料理什麼的應該沒問題，有滿多東西的。」

「那這樣不用特地去買也沒關係呢。」

一回到家，佐伯立刻打開冰箱。

紅蘿蔔、白蘿蔔、牛蒡……都是些根莖類蔬菜嘛。什麼啊，這個？蒟蒻吧。這是油豆腐嗎？喔，還有酒糟呢！

好，那就試著做做看先前在料理教室學會的糟粕湯吧。

一邊確認食材，一邊在腦中彙整食譜。

為妻子親手下廚，這可是第一次呢！

不管上了多少次料理教室，妻子恐怕還是認為：什麼都不做的丈夫，應該也做不出什麼厲害的東西吧。

我這會兒就要做出一個超乎妳期待的東西，嚇妳一嚇。

伴隨著挑戰欲和惡作劇欲的心情，讓佐伯的心鼓脹雲湧起來。

將食材取出來後，並排在餐桌上。首先用鬃刷刷牛蒡，再用大水洗淨。紅蘿蔔和白蘿蔔切塊，丟入鍋中。

妻子做的糟粕湯，會加入鮭魚和豬肉。但是，愛子老師的配方不使用動物性的材料，煮得濃郁的油豆腐湯，就能提出蔬菜的味道了。雖然平常喝的糟粕湯也不錯，但在疲憊的時候，喝愛子老師傳授的糟粕湯，對胃更好。

把酒糟加入鍋中，為了避免已經煮出的風味被破壞掉，需要格外注意火力大小。

這時，背後傳來碗盤在地面摔碎的聲音。

佐伯驚訝地回頭，只見妻子倒了下來。

「妳沒事吧!?」

佐伯還握著料理筷，就急忙挨近妻子身邊。

「欸！怎麼了呀！」

晃晃肩膀，但妻子全身無力，眼睛也沒睜開。

四周飄蕩著煮焦的氣味。

佐伯這才注意到火還燒著，急急忙忙地將瓦斯爐火熄了，然後再度衝回妻子身邊。

「振作一點哪！」

佐伯將妻子整個抱離地面。

從她的嘴內，還吐著溫煦的微弱氣息。

在呼吸著。

只是昏厥過去而已。

「欸！歌子！」

但是這時就算呼喚妻子的名字，也得不到回答。

對了，救護車……

佐伯用顫抖的手指撥電話。

著急不已地和總機通話。

「歌子！聽得到我嗎？歌子！歌子！」

救護車到來之前，佐伯不斷地呼喚著妻子的名字。

4

救護車終於到了，停在家門前，急救人員一一下車。

大家把妻子抬上擔架，送入救護車的時候，妻子微微張開了眼睛。

「醒了嗎？不要緊嗎？」

妻子躺著，卻用有點難為情的表情說：

「沒……事，叫救護車……太誇張……」

「現在是說這種話的時候嗎！」

佐伯可能因為妻子恢復了意識，稍感安心，一不小心就大聲起來。

「可能是貧血……」

接著，妻子將頭轉向急救人員說，

「是肌瘤，醫生說的……」

到底在說什麼？佐伯完全無法理解。

急救人員一邊在妻子的手臂上裝上血壓計，一邊點頭說：

「是子宮肌瘤嗎？有出血嗎？」
對此問題，妻子回答「是的」，佐伯睜圓了雙眼。
從外表看來，妻子什麼傷都沒有，怎麼會有什麼出血呢？
急救人員無視佐伯的迷惑，繼續追問妻子說：
「下腹部會痛嗎？」
「倒是不會……」
「先確認要送到哪吧。若您有常去的醫院，我們就先送您去那裡就診如何？」
「好的，拜託您了。」
聽著妻子與急救人員的對話，佐伯絲毫不敢相信。
究竟是怎麼回事？
醫生到底說了什麼……？
正想讓妻子和自己說清楚時，妻子又再度闔上雙眼。
痛苦的臉蠟似的白，嘴唇也都紫了。
佐伯還想問些什麼，但又怕說話耗損她的體力，反而讓狀況惡化，只好沉默。
醫護人員觀察著妻子的呼吸起伏，心搏也透過救護車上的儀器確認。
救護車鳴響警報器向前疾駛。狹窄的救護車內，佐伯一直看著妻子。總覺得如果眼光稍微移開，妻子就不知道會跑到哪裡去了。

到達醫院的時候，擔架上的妻子，一路被推到走道的深處。

「病患家屬，請到這裡……」

佐伯按照指示，坐在接待室的長椅上。

什麼都不做，只是單純地等待，覺得時間流得特別緩慢。

佐伯一再抬頭看著掛在牆上的時鐘嘆氣。

過了一段時間，護士走過來，佐伯立刻緊張地站起身。

「我妻子呢？」

「正在檢查中，由於需要住院，請您先回家一趟，將必要的用品帶來。這些則是辦妥住院手續所需的東西。」

護士連珠炮地說完，將文件交給佐伯就立刻離開了。

佐伯搭計程車回家。

離開妻子所在的醫院使人不安，但想到還有該做的事情，就分神去做了。

妻子倒下去的地方仍維持原狀。地板上碗盤碎了一地，鍋子裡有煮到一半的糟粕湯。

由於能強烈地感受到妻子不在家，煩雜思緒一湧而上，但現在可不是苦惱的時機。

按照住院手冊的指示，整理該帶的東西。

保險證書、門診券、印鑑……雖然很快想起來印章放在哪裡，但另外兩樣東西則不知道被收在何處。電話下方的收納櫃找了一下，盡是些點數卡或折價券的東西，重要的卻找不到。

門診券完全是妻子在管理的。佐伯週末想要去整骨診所看一下的時候，妻子就會從某處瞬間變出門診券來。

不止門診券，內衣、毛巾等雜物收納的位置，也完全不曉得。婚後至今，洗完澡後，總是由妻子將替換用的衣物以及毛巾準備好放在換衣間，早已習慣如此了。

先前總是想著，把家裡的事都交給妻子就好。

從未想像過有一天得為妻子準備住院所需的物品。

正要上二樓寢室找時，赫然發現陽台上晾著已經洗好的衣物，其中也包括妻子的內衣和毛巾。既然剛洗好晾乾，應可直接拿來用。佐伯將這些取了下來，稍微折一下後放到袋子裡。

接著他走到洗手間，拿了牙刷、牙膏、肥皂和漱口杯。放在玄關的拖鞋也被放進袋子裡。到最後依舊沒有找到保險證書，但找到了妻子一直帶在身邊的市松紋[5]皮包，於是順便帶上。

由於已經沒有公車了，又再次叫了計程車前往醫院。

醫院大門已經深鎖，得從只在假日或夜間開放的小門走進昏暗的醫院。在櫃檯繳交住院同意書及部分住院費，經過一些手續後，就被帶到婦科的護士站去。稍微在護士站等了一下後，終於進入病房，看看妻子。

在個人病房的病床上，妻子穿著醫院的睡衣，手上掛著點滴。

「幫我帶了這麼多東西，真謝謝你。」

妻子緩緩地直起上半身，接過佐伯拿來的生活用品。

和剛剛相比，臉色明顯地好轉很多。

「感覺怎麼樣？」

「他們給我打了點滴，我想應該不要緊吧。」

「到底是怎麼一回事啊，什麼醫生怎樣的……」

佐伯坐到病床旁的椅子上詢問。

「我怎麼完全沒聽說過？」

---

5 市松紋：為日本傳統紋樣之一，其圖樣為兩種顏色的正方格相間排列而成，最早見於日本古墳時代（約三世紀至七世紀）。

問完，妻子的表情倒也沒什麼變化。
「子宮肌瘤啦，檢查的結果也是。」
「什麼時候開始的？」
「已經一年了吧？接受市政府提供的健康檢查後，又進行一次複檢，然後就去看了醫生……」
「這麼重要的事，為什麼到現在都沒讓我知道！」
佐伯一下子被告知了想都想不到的事，發起怒來。
與其說是生妻子的氣，不如說是氣自己。
都共同生活那麼久了，竟連妻子生病都察覺不到，這實在是……
「既然是婦科的事，我也覺得不好和你說。」
對方這樣說，佐伯也接不上話。
確實，如果對方說了，也沒什麼自己可以幫忙的地方。
「那醫生怎麼說？」
「今天出血比較嚴重……看情形，嚴重的話可能得要切除。」
相對於妻子冷靜的語氣，佐伯內心的動搖顯而易見。
「也就是需要動手術嗎？」

「說是開腹手術，其實好像就是內視鏡。要等進一步的詳細檢查結果出來再看。」

「只要能讓妳活下來，什麼都好。如果動了手術，就能治好嗎？」

對於佐伯的追問，妻子並未點頭。

「到底會怎樣呢？如果能治好當然很好。」

「什麼啊！一定會治好，絕對會治好的吧！」

妻子看著佐伯這麼拚命，露出了有點困擾的微笑。

「就因為你會擔心成這樣，所以我才不想講。」

「這什麼話，我當然會擔心哪！」

佐伯到現在還是不願意接受妻子生病的事實。

因為很難為情，只要一發慌，就再也冷靜不下來。

「怎麼辦才好呢？妳什麼時候可以出院。」

「那要看檢查的結果吧……真不好意思，盡給你添麻煩。」

「根本不用道歉吧，對了，主治醫師在哪？我有話想要問他。」

妻子看著佐伯站起身來，不住地搖頭。

「今天主治醫師沒有進醫院。明天看看檢查的結果，再行考慮吧。」

「這樣啊？」

「佐伯再度坐回椅子上，看著妻子。」

「那個，如果有什麼我能做的，儘管說吧。」

「嗯。啊，對了，寢室的衣櫃裡面有個奶油色的旅行包，明天可以幫我帶過來嗎？」

聽妻子這麼一說，佐伯才又想起了那個旅行包的存在。

「喔，是那個包包啊。」

佐伯一這樣說，妻子就將頭一歪。

「你知道那個旅行包？」

「是啊。」

「什麼呀，那一開始就幫我把那個包包拿過來就好了嘛。」

「嗄？為什麼？」

「那裡有我為住院準備好的所有東西。」

「原來啊那個包包是為了住院準備的啊？」

「嗯？不然你以為是？」

「沒有啦，只是以為你準備要離家出走……」

佐伯說完，妻子馬上瞪大了眼睛，笑了出來。

「什麼啊，難道你一直在想這件事？為什麼？是你以前的經驗嗎？」

「沒有沒有，都是料理教室的那些小鬼，一直說中年離婚什麼的……說孩子離開家了之後，突然叫先生去上料理教室，是抱著某種居心什麼的。」

「原來如此。」

妻子理解了之後，將臉抬起來看著佐伯。

「如果我真要和你離婚，才不會特地要你去上料理教室呢，誰那麼好心哪。」

妻子用溫柔的語氣，笑盈盈地說著：

「一定是什麼都不說直接離家，好好讓你頭痛一番哩！」

佐伯看著那笑容，不禁打了個冷顫。

「但是，若是這樣，為什麼……」

「你不懂啊？」

「不懂。」

「當然是為了萬一我不在了，你還能一個人好好活下去嘛！」

聽了這斬釘截鐵的語氣，佐伯說不出話來。

「先前說要去醫院檢查的時候，我就反省了一下。想說這個人實在天真過頭了。支撐家庭是我的工作，因此什麼事都可以幫你張羅好，但也因為這樣，要是我不在了，那可就糟糕了。」

「什麼啊，那……」

「當時結婚的時候，我就想，要是有個值得我奉獻一輩子的人該有多好哪。遇見你的時候，我家那老爹打保證，說要成為他女婿的男人哪，是工匠裡邊最有資質的哩。要是組成家庭，絕不會三心二意，而能埋首苦幹。正如老爹說的，你在工作上一股勁兒就把自己變成了一流的技師，雖然家裡的事情你什麼都不做，但換個角度想，能這樣照顧你，我很高興……」

妻子盯著佐伯看的目光無限溫柔。

「但正因為我一路這樣做下來，要是你變回一個人，肯定要傷腦筋的。孩子們都已經離家，又都還沒遇到願意照顧他們的人。要是我出了個萬一，至少也會因為你去上了料理教室，不用擔心你會沒飯吃。」

「說什麼傻話，什麼萬一……」

佐伯知道妻子毫無離婚的念頭後，覺得自己很滑稽，但也鬆了一口氣。

原來對方並沒有變心。

此時，確確實實地理解了。

愛子老師所說的話。

思念對方的心情，會與味道相連。

妻子總是一直為家人思量著，然後每天下廚做菜。
因為太理所當然了，完全無法體會「沒有變化」這件事。
「那年菜又是怎麼回事哪？」
面對佐伯突然提出的疑問，妻子將頭一歪。
「年菜？」
「妳不是說，這一次不做年菜，要用買的嗎？」
「喔，那是因為我對百貨公司的年菜一直有興趣，所以想說買個一次來吃吃看也不錯嘛。你連這個都那麼在意啊？你要是覺得我做比較好，那我當然做啊。」
俐落的回答，疑問迎刃而解。
「而且啊，要你去上料理教室，還有一個理由喔！」
妻子邊說邊看著佐伯。
「男人啊，就是不大會建立新的人際關係，交新的朋友。有個地方可以去的話，就算變成一個人了，也不會孤孤單單的。」
佐伯聽完，胸中一陣酸楚噴湧上來。
竟然為我考慮到這種程度嗎……
眼眶發熱，於是皺起眉，又將頭低了下來。

「但是，真可惜哪。我很想嘗你做的菜呢！」
「這種事，只要回家，幾道我都做給你吃。」
佐伯將頭抬起來，再次凝視妻子。
「真的？」
「對，這是約定！所以，你可要好好恢復健康，趕快出院哪！」
「你要做什麼菜給我吃啊，好期待呀！」
才這樣說完，妻子就又在床上躺平了。
「歌子。」
叫名字，妻子就將臉轉了過來。
「什麼事？」
雖然叫是叫了，卻也不知道要做什麼，佐伯支吾著。
妻子見狀，臉上浮起了笑意。
「親愛的，晚安了。」
「晚安。」
走出病房，佐伯走在走廊上想著食譜。
如果要慶祝出院的話，就做妻子喜歡的東西吧。要補充鐵的話，肝臟或菠菜應該比較好吧。到時候問問愛子老師，有沒有較具療效的料理。

已經不再煩惱了，取而代之的是考慮要做什麼菜。

雖然家裡的事情幾乎都交給妻子管，但至少我能做點菜。這樣多少也能給妻子一點支援吧。

還能合作無間，現在還不晚。

好像要說給誰聽似的，在心底暗暗地說。

從今以後，要盡情地做從愛子老師那邊學到的料理，為了我們兩個人而做。

終章

若是在夢裡，就能再次遇見無法再相見的人。

那晚，愛子老師作了個夢。

那是好久好久以前，

孩提時的老家。

有竈的土舍內，一個男人站在那兒。

那個人，在下廚做菜的時候，必定會換上一身清潔的白衣，綁上圍裙。由於腳上踏著兩齒的高木屐，走動時會發出獨特的聲響。

我們都叫他，板前先生。

是父親這個愛四處蹓躂的美食家，將這個青年帶回來的。

為了精進廚藝，在四海流浪。

這是受到無微不至照顧的女兒完全無法想像的生活方式。

菜刀、魚刀、生魚片刀以及剁刀。

這四把菜刀，就是他獨自旅行的旅伴。

他對待這四把菜刀比什麼都小心，時常細心地研磨著。他的每一把菜刀都威風凜凜，簡直就是他本人。

一個人這樣旅行，難道不寂寞嗎？

其實有試著問過他這個問題。

但那個人只報以毫無孤獨感的笑意。

——好吃的東西，就是有吸引人靠近的力量呢！

不管在哪裡，不管和誰，那個人都擁有帶來幸福的力量。

左手有好幾道因切割留下的傷痕，每當看見那些纖細白絲似的傷痕，就會湧起一股想用指尖去撫觸的衝動。

那個人的刀工，優雅而美麗。

貼在刀背上的柔韌的食指、流動的手勢，以及讓銀色刀刃輝光四射的精緻技巧，讓蕪菁綻出菊花、胡蘿蔔展開蝶翼、魚板跳起鶴舞。

若用鑑賞能劇舞蹈的心情，去觀賞那個人做出來的菜肴，只會不住地驚嘆。

——要試試看嗎？

因為我在旁邊一直盯著看，於是那人笑了一聲，將菜刀借給我。

用著同一把菜刀，切出的裝飾刀花好像跟他的有點像，卻又不太像。

就這樣，我在無形間，就接受了料理的啟蒙。

各種料理用具的使用方法、鑑別蔬菜與魚類新鮮度的祕訣、從未接觸過的食材與料理配方……

是因為被這個人吸引才如此熱中於做菜呢？還是因為著迷於料理的奧妙，才憧憬這個人的呢？究竟哪一邊才是起因，始終無法判斷出來。這兩者就這樣於記憶之中纏結在一起了。

那天，土舍內放了個桶了。

桶中裝滿水，水裡一隻滑溜又細長的魚蜷縮著，是海鰻。

海鰻的臉，猙獰凶猛。

上下顎並排著銳利的牙齒，白色的腹部與茶褐色的身軀散發光澤，充滿了彈性。

到現在為止，從未吃過海鰻。

母親覺得鰻魚或泥鰍長得像蛇，很噁心，因此不會讓它們出現在餐桌上。

這隻海鰻，是父親為了要在酒會上宴請客人特地準備的，並沒有要給家裡的人吃。

那個人的手，抓起海鰻。

首先扭斷頭部的骨頭，接著切開腹部。

為了不要錯過那個人任何一個瞬間的刀法，眼睛眨也不眨地凝視著。

菜刀尖戳入了依舊在砧板上抽動的海鰻，然後切開。

那把菜刀的動態，只能說是游刃有餘。

那個人用著比以往更迅捷的動作，將砧板上的海鰻切開。但卻又在毫釐之差的地方停下刀刃，不切斷鰻皮，而只將魚骨和魚肉切開，發出使人舒暢的細微聲響。若靜靜諦聽將細魚刺根根析斷的聲音，心就會情不自禁地騷動起來。

這副詭譎的情狀，不知不覺又產生進一步的變化。

在準備好的砂鍋內，那人薄切了幾片松茸丟入，充作湯底。

接著放入海鰻。

一煮透，就鎮入冰水，那白色魚肉就像花一般綻開。

突然，那人轉過頭來，

——要嘗嘗味道嗎？

那個人一邊從尾端摘了一小塊肉，一邊問。

臉上浮現了宛若共犯般的笑容。

我點點頭，他將海鰻送到我嘴巴裡。

就那麼一瞬間，海鰻肉，連同他的手指，碰觸到了我的嘴唇。

松茸的香氣四溢，動人的滋味擴散開來。

是從外表完全看不出來的滋味。

雖然味道很淡，但愈嚼，愈能感受到那塊肉強勁的生命力。

如果只因為長相敬而遠之，嫌棄不去吃，那就永遠無法得知這種味道了。

只要待在這個人的身邊，全部的感覺都敏銳起來。
雖然胸中漫著苦澀，還是想一直盯著他看……
不久，夢結束，天亮了。
在棉被中的愛子老師緩緩張開眼睛。
那人在夢裡遺留的，既酸又甜的情緒在胸中蔓延。
這麼長的歲月裡，經過了那麼多事。
但就算時間一再沖刷，無法忘記的事依舊在記憶中閃耀著光輝。
僅僅只有一次，和他兩個人一起出門。為了買研缽，所以到有販賣各種料理器材專賣店的商店街。那兒有餐廳使用的看板店與燈籠店，有專業的廚具、食品的樣本等等，各種珍稀的東西一字排開，光是漫步其中就很快樂了。就是在那時，發現了一組鴛鴦外型的筷架。看著那兩隻一組，恩恩愛愛的筷架，不禁想像起兩個人使用著筷架，共同生活的模樣，但最後還是沒有買。
雖然講什麼話，但透過料理，卻能互相傳遞心情。
兩個人之間，流動著一股特別的氣氛。
——我想和你一起走。
如果當時下定決心，將這番心思傳達給對方，自己的人生又會變得如何呢？

在思索著人與人的邂逅，所謂的緣分時，不禁就想起在那個人身旁度過的日子。

但，最後還是沒講出口。

突然，他什麼也沒說就消失了蹤影。

被悲傷撕咬著，一邊將他教給自己的料理，按照順序全都做了一遍。

只有在料理當中，兩個人才連繫著。

即使難受得好像胸口就要脹裂一般，只要吃些好吃的料理，就又能再度笑起。就算那個人已經不在了，他留下的種種，依舊能帶來幸福。

女校畢業之後，就被安排相親。

對方出身於毫無破綻的家族。

但嫁過去的地方，卻毫無機會展現那些好不容易才學會的料理技巧。

因為有個手執飯勺，坐鎮指揮的大姑。她早已決定好每天的食譜內容。每月初一是紅豆飯、逢八的日子則是褐藻炊油豆腐，月尾就是豆渣。而且，夫家並不考慮用親手做的料理來招待外賓，他們覺得請遠近馳名的店外送餐點來招待客人，才是合乎禮節的。

最後也沒能生個孩子出來，因此家業沒了繼承人，那時還想說，哪天自己被休掉也是沒辦法的事。但自己的丈夫雖然沉默卻很大度，他總是對自己說，別在意別在意，倒也就一直白頭偕老了。雖然他對料理並未表示什麼關心，但如果做了他最喜歡的炸飛竜頭，他就會非常高興。丈夫十分喜歡庭院花草，秋天七種花草的名字，也是丈夫教的。

後來與丈夫的妹妹和妹夫協商量，認外甥為養子，這樣一來繼承人的問題就解決了。那位外甥也順利地組成了家庭，如同大姑生前所期許的，小石原家的血就這樣保住了，不用擔心會絕後。

嫁給小石原家，與丈夫共度人生，我並不後悔。

當丈夫先行辭世時，只感覺胸中好像被鑿空了一個洞。

作為媳婦、作為妻子，自己的使命似乎終於告一段落了。

剩下的人生，要做什麼才好呢……正這樣思考的時候，腦中浮現的想法，就是開設一間料理教室。

既然已是自由之身，就做些自己真正喜歡的事吧。

如果自己就這樣死了的話，和那個人有關的回憶也會就此消逝。

所以總想著要將他教給自己的東西，傳授給誰……

懷抱著這樣的心情，開設了這間料理教室。

踏出那時沒有踏出的一步。

這次再也不隱藏自己真正的心情。

用嶄新的挑戰，來迎接人生的晚年。

但是，實際上一開始在料理教室教的，並非是那個人教自己的東西，反而是在夫家大姑的嫌棄下，一邊忍著胃痛一邊學會的料理，或者是丈夫喜歡的店外送來的餐點等等，將這些東西一一彙整成了食譜。將自己至今為止的人生中吃過的東西，全都化為自己的一部分，讓自己益發感到切實。

愛子老師躺在棉被上，望著天花板的梁木

今天又是新的一天。

今天學生們也會為了精進做菜技巧而來到這裡。

自己教授的料理，若有誰做了，就彷彿自己的生命延續了。

活著這件事、飢餓這件事、料理這件事。

在這樣的一日裡，愛子老師今天也抱著感激之情，緩緩地爬起身來。

附錄

初戀心動食譜

白蘿蔔炊雞佐麵筋

◎材料（兩人份）

- 白蘿蔔：半根
- 麵筋：一條（可依照喜好選擇山茛麵筋、栗子麵筋或櫻麵筋）
- 雞翅：兩根
- 昆布高湯：兩杯半
- 糖：適量
- 酒：兩大匙
- 生薑：一小塊
- 醬油：一大匙

◎作法：

1. 白蘿蔔每兩公分環切，將切面稜角削去。麵筋切出適於食用的大小。
2. 在鍋中熱油，將雞翅膀放入，適時翻面，直到雞翅表面有均勻焦痕。
3. 加入白蘿蔔，注入高湯，轉中火。撈除油脂浮沫，等到蘿蔔煮透時，依序將糖、酒和薑片放入。
4. 湯汁沸騰後加入醬油，蓋上覆料蓋，以中火燜煮二十到三十分鐘。
5. 湯汁剩一半時加入麵筋，煮到入味。麵筋膨脹時，關火燜一段時間可使麵筋更加入味。

愛子老師小叮嚀：不要讓湯汁噗嚕噗嚕地大滾，將火力調整在可使湯汁對流的程度即可

超簡單梅酒雪寶

◎材料（兩人份）

・梅酒：四分之一杯

・蜂蜜：一到二大匙

・水：二分之一杯

・薄荷葉：適量

◎作法：

1. 在碗中混合梅酒與蜂蜜後，加水。整個倒入金屬容器內，放至冷凍庫。
2. 表面結凍時取出，彷彿將空氣戳進去般用叉子攪拌後，鋪平，再度放至冷凍庫中。此步驟重複三到四次。
3. 成冰沙狀的時候取出，裝盤，並放上薄荷葉裝飾。

超容易梅酒沙瓦蘭

◎材料（兩人份）

・法國奶油麵包（亦可用長崎蛋糕）：兩個。

・梅酒：半杯至一杯。

◎作法：

・將市售的奶油麵包（在室溫放置兩天乾燥後更佳）對半切開，蘸過梅酒後，放置冰箱冷藏。

・可搭配發泡鮮奶油，香草冰淇淋或水果食用。

甘酒烤布蕾

◎材料（兩人份）

・牛奶：四分之一杯
・甘酒：二十五毫升
・鮮奶油：七十五毫升
・香草豆：一莢
・蛋黃：一個
・細砂糖：一大匙
・蘭姆酒：一大匙
・粗糖：適量

◎作法：

1. 在鍋中加入牛奶、甘酒、鮮奶油、香草豆及其豆莢，煮到微微沸騰後，維持溫度。
2. 在碗中加入蛋黃，打散，再加入細砂糖攪勻。
3. 將步驟一的東西倒入步驟二的碗中，充分溶融，並加入蘭姆酒攪拌，接著將香草豆莢取出。
4. 用乾淨粗棉布濾過蛋糊，裝入蛋糕烤杯（cocotte），並列在烤盤上。在烤盤上注入溫水（自行準備）。
5. 烤箱預熱至攝氏一百八十度，接著放入烤盤，烤約二十分鐘。
6. 取出後放至半涼，然後置於冷藏中冷卻一個小時。
7. 將紅糖均勻撒在布蕾表面，以噴槍烤至焦黃即可。

愛子老師小叮嚀：在這邊介紹文森正統道地的甜點作法，使大家在家裡也可以自行製作。雪寶可按照喜好增減梅酒與水的量。沒有噴槍的話，也可使用吐司烤箱將表面烤至焦黃。

胡麻豆腐

◎材料（兩人份）

- 白芝麻：四分之一杯
- 昆布高湯：兩杯
- 吉野本葛粉：二十克
- 鹽：少許

◎作法：

1. 將芝麻加入研缽，將芝麻研磨到呈糨糊狀為止，此即為胡麻。加入少許高湯攪拌使胡麻回溶，此時在金屬濾網上墊上薄布，以便過濾。
2. 用少許高湯溶解葛粉，與鍋中的胡麻以一比一的比例混合。加入剩下的高湯與鹽，充分攪拌，轉大火。
3. 用湯勺攪到有黏稠感，葛粉開始凝固時轉小火，一面混合鍋底的東西，一面繼續加熱十到二十分鐘使整鍋漸成糊狀。
4. 倒入以水潤濕過的平底容器。放至半涼後，將容器浸到冰水裡冷卻。

---

1 精進料理：日本文化中，精進料理原本指的是出家僧侶於法會期間食用的素菜，以守戒精進修行。現今在喪葬祭典的法會之後，參與憑弔的家族成員與親友所食用的素膳，多稱之為精進料理。精進湯的意思亦同。

精進湯

◎材料（兩人份）：

- 切片蘿蔔乾：一把
- 乾香菇：兩枚
- 枸杞：一大匙
- 生腐皮：適量
- 海帶：適量
- 水：四杯
- 鹽、胡椒：適量

◎作法：

1. 將材料放入鍋內，煮沸一次後，轉小火煮三十分鐘以上。
2. 將薄布墊在金屬濾網上，過濾湯汁。
3. 加入鹽和胡椒來調味。

愛子老師小叮嚀：為了不要讓胡麻豆腐焦掉，務必要用湯瓢持續攪拌。精進湯過濾後，剩下的食材切細加入醬油和糖，煮成甜辣味小菜，可與燉煮料理搭配食用。

糟粕湯

◎材料（兩人份）：

- 酒糟：一百克
- 昆布鰹魚高湯：四杯
- 白蘿蔔：四分之一根
- 紅蘿蔔：半根
- 牛蒡：四分之一根
- 板蒟蒻：半塊
- 醬油：二分之一大匙
- 鹽：少許
- 味噌：二分之一大匙
- 蔥：適量
- 油炸腐皮：一片（橫切一刀後，切成小長條狀）

◎作法：

1. 舀取表面一小塊酒糟，加入少許高湯泡漲後攪散。
2. 白蘿蔔、紅蘿蔔、牛蒡和炸腐皮用熱水煮過後，濾出。接著再切至適宜入口大小，下滾水煮三分鐘後撈起。
3. 在鍋中倒入高湯，以醬油和鹽調味後，將步驟一和二加入鍋中，以中火燉煮。
4. 將蔬菜煮軟，確認酒糟充分溶解後熄火，加入味噌做最後的調味。可按照喜好撒蔥花。

愛子老師小叮嚀：當胃疲累的時候，避免使用動物性蛋白質，改用以油炸腐皮煮出的湯汁為佳。當然，加入鮭魚或豬肉的糟粕湯也相當好喝。

※本食譜與正文中的作法可能有若干不同之處，但不管用哪種作法，都很好吃。

日本暢銷小說 77

初戀料理教室

作者｜藤野惠美
譯者｜楊雨樵
封面繪圖｜Fanyu
封面設計｜馮議徹
責任編輯｜謝濱安
國際版權｜吳玲緯
行銷｜陳麗雯　蘇莞婷
業務｜李再星　陳玫潾　陳美燕　杻幸君
副總編輯｜巫維珍
副總經理｜陳瀅如
編輯總監｜劉麗真
總經理｜陳逸瑛
發行人｜凃玉雲
出版｜麥田出版
10483台北市民生東路二段141號5樓
電話：(02) 2500-7696
傳真：(02) 2500-1967
部落格：http://ryefield.pixnet.net
發行｜英屬蓋曼群島商家庭傳媒股份有限公司
城邦分公司
地址：10483台北市民生東路二段141號11樓
網址：http://www.cite.com.tw
客服專線：(02)2500-7718｜2500-7719
24小時傳真專線：(02)2500-1990｜2500-1991
服務時間：週一至週五09:30-12:00｜13:30-17:00
劃撥帳號：19863813　戶名：書虫股份有限公司
讀者服務信箱：service@readingclub.com.tw
香港發行所｜城邦（香港）出版集團有限公司
地址：香港灣仔駱克道193號東超商業中心1樓
電話：+852-2508-6231
傳真：+852-2578-9337
電郵：hkcite@biznetvigator.com
馬新發行所｜城邦（馬新）出版集團
【Cite(M) Sdn. Bhd. (458372U)】
地址：11, Jalan 30D/146, Desa Tasik, Sungai Besi,
57000 Kuala Lumpur, Malaysia.
電話：+603-9056-3833
傳真：+603-9056-2833

印刷｜中原造像股份有限公司
初版一刷｜2015年8月
定價｜320元

國家圖書館出版品預行編目資料

初戀料理教室／藤野惠美作；楊雨樵譯.
-- 初版. -- 臺北市：麥田出版：家庭傳媒
城邦分公司發行, 2015.08
　　面；　公分. --（日本暢銷小說；77）
ISBN 978-986-344-246-2（平裝）

861.57　　　　104010340

城邦讀書花園
www.cite.com.tw

ISBN 978-986-344-246-2
Printed in Taiwan.
本書若有缺頁、破損、裝訂錯誤，請寄回更換。